자판기여자

국립중앙도서관 출판시도서목록(CIP)

자판기여자 : 정라진 시집 / 지은이: 정라진. -- 안양 : 문학산책사, 2014
    p. ;   cm

ISBN 978-89-92102-51-3 03810 : ₩8000

한국 현대시[韓國現代詩]

811.7-KDC5
895.715-DDC21   CIP2014016495

정라진 시집

자판기여자

문학산책사

自序

바코드가 써내려 간 긴 연시
대파 한 단처럼 묶은 시집
담배 한 보루 20,000원의 고뇌
질긴 오징어와 고소한 땅콩 속의 철학
어서 오세요 안녕히 가세요
거스름돈의 행방
나를 사가세요
일당 60,000원의 사유

2014. 5.

정라진

자·판·기·여·자   정라진 시집

목 차

1부 물왕삼거리 그녀

2부 굿모닝 둥굴레

3부 자판기여자

4부 찌그러진 원

5부 결이라고 말해 두자

1부

물왕삼거리 그녀

물왕삼거리 그녀

물왕삼거리 정면에서 바라보면
가랑이 벌린 채 누워 있는 그녀가 있다
오오, 이런 혈액순환에 장애가 생겼나
두 다리에 정체된 붉은 눈알들 더딘 흐름이다
잠시 멈춰 서서 갓길 에우고 라이트 끈다
하나 둘 문이 열리고, 도시의 매연과 먼지
뒤집어쓴 태아들이 빠져나온다
얼굴을 씻던 둥근 달이 그녀 가랑이 쪽으로
저녁 바람에 이끌려온 태아들 끌어안는다
종아리 모근에 박혀 살랑대는 달맞이꽃에 입 맞추다가
까무룩 취한 미소들 까르르 구르다가
버드나무 가지 타고 미끄러지듯 가랑이 물속으로
풍덩, 태아들의 그림자 양수 위를 유영한다
물에 빠진 카페 간판의 오색 그림자 자박자박 흩뜨린다
모성에 이끌려 몰려온 태아들인 것이다
오염된 정신의 몸 씻어내며 의식에 빠져든 것이다
끊임없이 치러지는 의식에 출렁이는 그녀 가랑이,
하품을 물안개처럼 뿜어내며 새벽을 걷어낸다
가쁘게 달리다가 붉은 눈알 침침해지거든

잠시 멈춰 서서, 물왕삼거리 정면을 바라보라
가랑이 사이에 물의 성전을 두고 누워 있는 그녀를 보라
사막처럼 메마른 도심 이곳저곳 구르다
목 타들어갈듯 지쳐버린 태아들에게 기꺼이

가랑이 벌리고 제 것 다 내어주는 그녀가 있다

부러진 숟가락

  선창포구, 버려진 배들이 모래 위에 배를 깔고 늙
어간다 한때 소문난 횟집, 깨진 유리창으로 드나든
바람, 소금기 허옇게 쉰 머리로 홀을 누비며 딸그락
거린다 주차장완비 간판은 자꾸 바다 쪽으로 기울어
진 채 덜컹거리고 다리 부러진 원형테이블 하염없이
찻길을 내다본다 성난 바람은 제 성질 이기지 못해
플래카드와 천막을 찢어발기고 있다 백내장 걸린 듯
흐릿하게 바랜 간판들과 골다공증 걸린 듯 구멍 숭숭
뚫린 건물 벽들 사이사이 이끼꽃이 일가를 이루고,
먼지들은 거미줄로 금 간 틈을 덕지덕지 꿰매고 있다
이따금 철새처럼 지나가는 차 바퀴소리에 늙은 개 한
마리 사타구니에 꼬리 말아넣고 빈 그릇 핥아대다 힐
끔힐끔 낡은 눈빛 보낸다 비릿한 바람의 결마다 지난
날의 빗줄기가 폭염이 강추위가 저들의 가슴을 훑고
때리고 애태우며 냉가슴 앓게 한 사연 새겨져 있다

바다가 받아주지 않아 버려진 배들이 간판이 천막
이 플래카드가 모두 숟가락인데, 싱싱한 광어 우럭
건져 올리던 어부들 숟가락 다 버리고 어디로 떠난
걸까 먼 바다를 걸어와 후들거리는 바람만 부러진 숟
가락배에 걸터앉아 희미해진 기억 쓸어 담아놓고 막
힌 바다로 꿈의 배를 띄우고 있다

붉은 동백

　좌우로 곧게 뻗은 길 사이로, 신호등이 가지 뻗고
서 있다 경적 소리 새 소리로 얼어붙은 건물의 귀를
찔러댄다 속도에 헐떡거리는 바람은 오늘도 어김없
이 건널목의 잔걸음과 구르는 차바퀴와 신호등 불빛
휘돌며 도시의 봄 재촉하느라 머리 풀어헤친 채 휘청
거린다 지친 팔목이 신호등 가지 붙들고 간신히 기어
올라 스위치를 켠다 마침내 빨간 불 들어온다
　달리던 차들이 일제히 제동 건다 거리는 온통 붉은
동백이 핀다 갓길을 구르는 김씨 손수레도 제동 건다
가득 실린 폐지들 기우뚱거리며 가쁜 숨 돌릴 때, 빨
갛게 언 김씨 양 볼, 꽃망울 맺혀 있다 칼바람에도 끄
떡없이 시퍼런 손 비벼대며 초록 신호 기다린다 붉은
신호에 멈춰선 차들 조급하게 경적 먼저 울려대며 브
레이크 밟았다 떼었다 안달이다 그때마다 차 꽁무니
에서 붉은 꽃 떨어지려 까딱거린다 회색 연기가 김씨
얼굴을 휘감고 돌아도 맑은 눈은 언제나 초록이파리
처럼 빛난다

가지에서 붉은 동백 뚝뚝 송이째 떨어지고 초록이
파리 반짝일 때, 거리의 바퀴들 바람의 치맛자락에
휩쓸려 날아간다 김씨 손수레는 봄을 또박또박 디디
며 갓길을 구른다 그 뒤로 건널목의 발걸음들 잠시
초록물 머금는가 싶더니 시간에 쩔쩔맨 채 봄의 문턱
추월하듯 건넌다

도시의 연통들

막창 굽는 불판 위로 천장을 뚫고
쭉쭉 뻗어오른 연통들, 마치
목구멍을 지나 식도에서 위장까지 길게
이어진 소화기관 같다
연통이 미처 빨아대지 못한 연기와
횡설수설 뱉어낸 취기가 뒤엉켜 희뿌옇게 막힌
막가는 듯한 막창집 안이 무대다
연통이 사람인지 막창이 천장인지 구불비틀 제멋대로다
소화기관에 스트레스가 그을음처럼 엉겼다 날아다닌다
숯불 위를 걷는 막창은 허연 속을 걸쭉하게 게워내며
지글지글 눈물 연기 그럴듯하게 자아낸다
목구멍에 술을 들이붓자마자
끓어오르는 한숨 독하게 토해내는 배우들
고소한 막창과 버무려 질겅질겅 씹어 삼킨다
연통은 쉴 새 없이
한숨과 연기를 소화시키느라 덜덜거린다
속이 시커멓게 타들어가고 문드러져도
좀체 호흡 늦추지 못하고 거친 숨만 헉헉댄다
배경으로 골목 바깥을 지나가던 밤바람 몇몇

연통들이 가늘게 뿜어낸 매캐한 입내 휘휘 섞느라
노곤해진 어깨를 낮은 허공에 눕힌다
별들은 충혈된 눈 끔벅거리며 걱정스레
서서히 새벽이라는 막을 열어젖힌다
코끝에 닿는 빈 바람이 엑스트라로 지나간다

사이코패스적 디저트

목 자르듯 꼭지 툭 자르고
몸통 거머쥔 손아귀 단칼에 배를 가른다
벌어진 내장에서 솟구치는 냄새
사내 후각을 자극하는지 짐승처럼 군침 들이켠다
갈라진 속살 단면에 진물처럼 피가 맺힌다
핏방울이 사내의 신경을 날카롭게 세운다
거세게 저항하듯 냄새를 뿜어대지만
날 선 사내 손이 가차 없이 껍질을 벗겨댄다
드러난 속 살결에 전율하는 사내
신들린 듯 손놀림이 유연해지더니
이빨 드러내고 입꼬리 올린 채 몸통을 토막 낸다
허옇게 잘려진 조각들
하얀 시트 같은 접시 위에 올려놓고
무슨 의식이라도 치르려나 벌떡 일어서더니
벗긴 껍질 비닐봉지에 쑤셔 넣는다
비닐봉지 자지러지는 소리로 껍질을 감싼다
껍질들 비닐봉지 안에서 헐떡거리다 질식한다
천장에 달라붙은 형광등도 질린 듯 하얗다
허공 떠돌던 냄새들이 닫힌 창문을 더듬거린다

돌아선 사내

토막 난 몸의 조각 내려다보며 눈을 번득거린다

회심의 미소가 의자에 앉더니 토막들을 해치운다

혈흔 묻은 끈끈한 입가를 쓰윽 닦는다

참외가 참 꿀맛이군,

방금 라디오방송 탈출한 사이코패스 Y

내 의식 조종하며 디저트 먹어치우더니

어디로 사라진 걸까

사막

이글거린 불볕도 확 빨아먹을 듯한
모래카멜레온
번뜩이는 눈알렌즈 획획 돌린다
먹이 찾아 초점을 맞춰댄다

죽은 카멜레온 몸통에 몰려들어
살점 게걸스럽게 뜯어먹는 딱정벌레들
모래카멜레온 눈알렌즈 안에 잡힌다
군침 먼저 도는 순간,
갈고리 혀 잽싸게 빼내들고 딱정벌레 낚아챈다
통째로 우거삼킨다

통통한 배를 끌고 먹고 먹히는 잡고 잡히는
사막을 가로지르는 모래카멜레온
어기적어기적 발자국만 모래판에 찍는다
모랫바람이 발자국을 먹어치운다
아무 일 없었다는 듯 흔적 지운다

그 사이 또 다른 딱정벌레들
모래카멜레온 온기 남아 있는 알
모래 이빨 박혀버린 알
벌리고 야금야금 빨아마신다

끊임없는 식욕의 바퀴 달고
모랫바람 일으키며
사막 같은 날들을 굴러온 오늘
짓눌리고 짓눌린 수많은 입들이
서로 잡아먹겠다고 눈알렌즈 굴리며
아가리만 달린 듯 달려든다

디카 뒤 따라가기

죽서루 옆, 용문바위 요염하게 앉아 있다
실오라기 하나 걸치지 않은 나신들
이상야릇하게 얽히고설킨 듯한데
렌즈가 색을 탐하고 즐기기에 제격이라는 듯
눈 희번덕거리며 나신의 위아래를 훑어댄다
풍만한 몸매 매만지다 그 위로 성큼 올라타더니
철컥철컥 여기저기 눌러대며 탄성을 내지른다
얄궂게 생긴 구멍구멍마다 각도 맞추며
들이대고 눌러대고 당기기를 연발하다
멍멍해진 몸, 잠시 충전의 시간 헤아린다
눈꺼풀 닫았다가 다시 열고 주변을 빙 둘러본다
병풍처럼 서 있는 나무들 서로 어깨에 팔 걸고
밤낮없이 나신 지켜보느라 피곤한지 꾸벅거린다
매끈한 다리 지나 움푹한 배꼽 쪽으로 초점 옮긴다
그사이 또 불뚝 발기한 렌즈
목이 마르는지
곁에 누운 오십천 물줄기 빨아댄다
바람피우듯 누각을 휘돌아 온 뜨거운 입김도 마신다
한때 누각 마루에서 선비들이 풍광 읊어댈 때

곁에서 몸짓 달콤하게 살랑거리던
기생들 웃음소리도 착착 달라붙었을 것이다
옛 기운 머금은 풍경 몇 컷
디카를 껴안듯이 와락 달려든다
기다렸다는 듯 풍경의 속살 더듬어가며 몸을 포개는
디카, 열꽃 일으키며 나신들과 나뒹군다

장식용 시계

심장 박동 소리만 째깍거리며 어디로 향하는 걸까
남자는 극약처방에 장기까지 이식해도 차도가 없다
제자리 벗어나지 못한 붙박이처럼
거실 한쪽 차지하고 있다
쉴 새 없이 움직이던 다리는 뻣뻣한 시곗바늘이다
식탁에 둘러앉은 숟가락들 사선 그으며 배를 채운다
시간에 쫓겨 헐떡이는 발들 미끄러지듯 거실 오가다
남자 옆, 무심히 지나쳐 밖으로 빠져나간다
대문이 쾅쾅 닫히고 휑뎅그렁한 거실
유리창으로 태양의 시곗바늘 손을 길게 뻗는다
먼지 덮인 듯 창백한 남자 얼굴 쓰다듬는다 순간,
남자 눈이 시계 테두리 큐빅처럼 반짝 빛을 뿜는다
창틈 타고 나가려는 먼지들 공기 버무리며 일렁인다
시침과 분침에 묶인 남자의 신경다발 스르르 풀린다
있으나 마나 한 몸이라 느꼈던 걸까
그래서 자리나 차지하고 누워 있다는 것이
죽기보다 싫은 고통이었을까
뇌 안에 갇힌 남자 의식이 몸 바깥으로 걸어 나온다
정지된 몸의 시간 깨우려 소매 걷어붙인다

심장께에 손 깊게 꽂아 넣고 멈춰진 시간 돌려댄다
묵묵히 돌리고 돌리다 소진해버린 태엽
여전히 기력 다한 소리로 째 깍 째 깍
젊은 날 기억 더듬으며 인연의 고리 가위질 중일까
그칠 수 없는 박동, 온전치 못한 자리 조율 중일까

뒷간(산뒤[*])

조계산 선암사 산뒤 앞에서
아짐이 눈을 굴리며 머뭇거리네
뒤를 까라는 거여, 뒤로 싸라는 거여
까는 듸(곳)라는 거여, 싸는 듸(곳)라는 거여
옛글자 앞에 발이 갈팡질팡 방정 떠네
처마 아래
널쪽으로 짠 入자
아짐의 몸 다급하게 빨아들이네
공중에 붕 떠서 아슬아슬 놓인 듯한 판자
아차, 헛디디다 퐁당 빠질까봐
걱정을 앞세운 발걸음 천근만근이네
엉거주춤 판자 위를 디디며 걷는 꼴이
근심을 비우려다 오히려
똥 한바가지 뒤집어쓰고 나오겠네

* 전남 순천시 승주군 선암사 화장실 입구에 쓰인 글자.

선암사 샨뒤 안에서

비구스님 한 분
샨뒤(뒷간) 안으로 느긋이 들어오네
얇은 판자 위를 미끄러지듯 걷는 발걸음
구름 위를 나는 신선처럼 가벼웁네
승복을 판자문 모서리에 걸어두고
은밀한 곳으로 들어가 앉네
무릎 접힌 사이에서 아랫도리 바스락거리네
나뭇잎 스치는 소리 신선하게 뿌리내리네
밑이 훤히 뚫린 구멍 아래로
환한 빛줄기와 바람 들어서서
순한 팔 걷어붙이네
응어리진 근심들 풀어내며 도란거리네
분주한 일손 멈추지 않고 거름 향기로이 빚네
선암사 뒤뜰 매화와 차 향,
진하고 순한 이유 조금은 알겠네

그림자 2

새벽 세 시를 깨우는 부재중 문자
발신자 제한번호
나를 쫓아오는 그림자마저 제한시켜 놓고
불안은 어둡게 드리워져 꿈틀
새벽 세 시, 새벽 다섯 시
글자 몇 개 암호처럼 반복, 반복

내 행동거지 끈질기게 쫓아다닌다
어두운 골목 전봇대 아래 두 눈 붉히고 서서
나를 살피다 쪽잠도 소화시키지 못하고
검은 형체로 어슬렁거리며 밤의 바닥을 핥아댄다
쉽게 인연 맺은 것들이 있었다면
외로운 존재끼리 엉킴이 있었다면
그 길 쉽게 풀어낼 얼개가 보일 텐데
또 다른 엉킴으로 바위처럼 검게 굳어버릴 뿐
서로 마주한 미소에도 그늘이 흘러내린다
굳게 닫은 심장의 문 숯처럼 까맣게 타버리고
안으로 이글거리던 불덩어리 쏟아내던 날
저녁 골목은 너와 나 나락으로 패대기치고 말았다

네가 뭉텅뭉텅 뱉어낸 모독의 문자들
바퀴에 짓이겨진 밤고양이 창자처럼 터져버렸다
징글징글한 어둠만 내 안에 깔아놓았다

발목 붙잡고 늘어지고 일그러지기를 얼마
네 심장이 다 타들어가 재가 된다 해도
내 가슴에 무수히 스멀거린 너
거머리 떼처럼 달라붙어 수시로 형체 바꿔대는 너
바닥에 흐트러진 해독 불가능한 문자들의 검은 무리
글음처럼 뒤척이는 순간, 순간

물살무늬

소슬바람 흐르는 냇가
바위와 바위틈 사이
물살이 빙글빙글 소용돌이치네

조용한 발걸음의 사내
바위와 바위틈 사이
쩍
벌려놓고 휘파람을 날리네

바위 틈바구니에 찡겨
옴짝달싹 못하던 자갈 모래알들
휘파람 소리에 서서히 떠밀려가네
또 다른 자갈 모래알들
바위틈에 새롭게 자리 잡네
밀려난 자갈 모래알들
물살, 이겨내고 버틸 만큼
구르네

물살이 한 박자 느리게 숨 쉬는 곳
더 이상 떠밀릴 곳도 없을 때
구르고 굴리다
지친 몸 누이는 곳, 한 사내
까칠한 발바닥을 담그네
자갈 모래알이 두른 물이끼를 말아 감네
불어터진 발바닥 물살무늬 닮아 있네

폭설

마취제에 스르르 빠져드는 그녀
하얀 시트 위를 창백하게 날고 있다
숨길 하나, 질린 듯 흩뿌리고 있다
사방 무겁게 깔린 고요를 헤집는 불빛
토굴 속을 눈부시게 비추고 있다
그 속에 싹 틔울 씨앗 한 톨 부여잡은
그녀 손이 보인다
쇳소리처럼 예리한 바람이 드나든다
한 톨 씨앗 훑으며 지나가버린다

언 눈물방울 구름조각처럼 펑펑 쌓인다
디딘 발꿈치마다 여린 뼈 으스러뜨리는지
눈꽃 파도 휘몰아쳐 따귀라도 때려대는지
주춤주춤하다가 고개를 위로 꺾는 그녀
눈꽃의 핏기 없는 손을 얼굴에 비빈다
창밖 전깃줄 위에 까치 한 마리
하얀 가운 걸친 채 오갈 줄 모르고
우두커니 앉아 폭설을 내려다본다
그 아래 감나무 가지 붕대 돌돌 말아 감고

씨앗 떨어져나간 흔적을 감싼다

그녀 명치로 스며드는 폭설의 입자
상처 위에 가루약처럼 뿌려지고 있다

붉은 단풍

가을 수목원 길 멀리 보이는
단풍나무
붉은 덩어리 바람에 출렁거리네
심장 한 덩어리 출렁거리네

저기가 수술대 위라면
심장이 다급하게 팔딱거리겠네
심장을 수습하는 바람의 손놀림 빨라지겠네
새들은 가위 칼날 핀셋 부딪는 예리한 소리로
붉은 살점 이리저리 쪼아 다듬겠네

심장병을 앓던 당신
단풍나무 가슴께로 몸을 포개는가
심장박동에 맞춰지는 숨결,
바람결에 꿈틀꿈틀 되살아나는가

가슴속에서
뜨겁게 내뿜은 입김 하늘로 퍼지네
어느새 파란 하늘까지 단풍빛 머금었네

단풍의 품속에 나 홀로 붉게 물들었네

2부

굿모닝 둥굴레

백목련 꽃눈

유선乳腺 타고 이리저리 뻗친 꼭지
바라보네, 젖몸살에 안절부절못한 당신을 보네
젖먹이 떼어놓고 양어깨에 생계 짊어진 채
날품 팔러 언 땅을 떠다니는,
온몸으로 칼바람 받아 마시는,
입김 호호 불어 손끝 녹이는 당신
차가운 어물 건져 올리느라 아직은
젖 물리러 갈 수 없는데
속절없이 젖은 돌고 돌아 맺히는가,
허공이 핥은 젖비린내 사방으로 번지네
젖내 맡은 내 안의 은빛 새 한 마리
하늘바다로 높이 날아올라 빙빙 돌더니
당신의 가슴속 파고들어 포근하게 안기네
깃털로 꽃눈 보드랍게 쓸어 주고
뭉친 가지의 살갗 부리로 토닥이며
무언가를 짜내는가, 진저리치는 몸 위로
스팀타올처럼 따스한 햇살이 손바닥 얹어
젖멍울 살살 풀어내고 있네
아직은 바람의 등에 업혀 칭얼대는
젖먹이, 곧
꼭지 물고 벙글벙글 웃어주겠네

봄까치꽃

봄 햇살 뿌려진 화단 앞
아지랑이 몽롱하다
그 너머 술래처럼 넘나들며
갸웃거리는 내 눈길도 몽롱하다
푸른 줄무늬 원피스 나풀대는
꼬막손들 보인다
흙에 박힌 부챗살꼬막껍질 모아
풀잎 뜯어 얹는 모습도 보인다
보드라운 흙 채워 차린 밥상도 보인다
빵긋빵긋 웃는 입들도 보인다
앙증맞은 그 모습 눈에 찍어놓고
아른거린 아지랑이 걷어 올리자
내딛는 발 앞에
봄까치꽃
까르르 재잘재잘
날 줄 몰랐지 날 줄 몰랐지
청보랏빛 맑은 소리에 사로잡혀
쪼그리고 앉아 꽃잎을 더듬는다
꽃잎마다 소꿉놀이하던 모습 들어앉아
꽃비린내 풍기고 있다

마침표(.)와 쉼표(,)에 대한 단상

눈을 감고 깊이깊이 잠들기 전.
누군가에게
네 눈망울 씨앗처럼
심어줬으면 하더니.
네 눈망울 누군가의 시신경 조직 안에서
거부반응 없이 자리잡아
새순처럼 빛났으면 하더니.

그래,
그래,
잠시 쉬었다 가는 거야
네 생의 끝은 여기가 아니야
마침표(.)같은 씨앗 하나
쉼표(,)처럼 움 트고
뿌리내릴 때까지
잠시 쉬었다 가는 거야

네 눈망울
봄볕 가득 퍼진 연못을 닮았었지,

한 여자 그 연못을
말끄러미 들여다보고 있어,
마침표(.) 모양 개구리 알 꿈틀대는 걸
쉼표(,) 모양 올챙이 헤엄치는 걸
맘껏 훤하게 들여다보고 있어,
연못의 눈빛, 그녀 눈에 어리어
찰랑찰랑 빛을 내고 있어,

굿모닝 둥굴레

아침 둘둘 풀어내며 부모님 산소 가는 날입니다
이슬 한 모금 머금은 둥굴레 하늘거립니다
밤나무 그림자 아래 뿌리내리고
이슬에 맺힌 햇살 받아 마시며 반짝 웃어줍니다
먼저 해맑게 말 걸어오는데 그냥 갈 수 없어
굿모닝 둥굴레! 하고 말을 굴려 봅니다
밤나무가 마시다 떨어뜨린 한 모금의 햇살에도
환하게 웃으며 제 길 찾아 굴러가는 둥굴레
누가 불러주지 않아도 알아주지 않아도
여린 이파리 사이 단단한 열매 둥글게 맺습니다
둥굴레처럼 누가 알아주지 않아도 불러주지 않아도
한 모금 햇살 따라 느긋이 구를 수 있다면
푸른빛으로 꿋꿋하게 앞만 보고 굴러갈 수 있다면
작아진 내 마음이 절을 하듯
둥굴레 그림자 아래 납작 엎드려 이마를 땅에 맞댑니다
이파리에 맺힌 이슬방울 내 머리 위로
떨어져 쩌렁쩌렁 아프게 울립니다
제 좋아하는 일이라면 구르고 굴러 끝까지 굴러
남 의식 말고 체 하지 말고 안달하지도 말랍니다

둥글둥글한 마음 하늘거리며 제 길 굴러가랍니다
투명한 인사에 정신도 흠뻑 굴려보는 싱싱한 아침
입니다

소리에 젖어들다

귓불이 곪아터진 손녀
마루 끝에 서서
소독약 손에 들고 할머니 불러댄다
할머니 무릎 베고 모로 눕는다
귓불 살살 만지는 손끝이
보드랍게 느껴지는지
눈 살짝 감는다
소독약이 귓불 쏴하게 적신다
!.
빗소리가 들려요
풀밭에 빗물이 스며드나 봐요
아니다 아니다
항아리에 쌀 쏟아붓는 소리다
!.
빗소리가 들려요
흙이 몽글몽글 뭉쳐지나 봐요
아니다 아니다
뒤뜰 대나무에 바람 이는 소리다

빗소리에 마냥 귀 대고 있는 손녀
지그시 내려다보는 할머니
(손녀 속살 젖는 줄도 모르고
소리를 뿌려댄다)
두 몸이 흠뻑
소리에 젖어든다

나팔꽃

비갠 오후
햇살 활짝 피어난다
푸른 숲 울타리 밖
나 팔 잡아, 나 팔 잡아
木소리 들린다
풀덤불 오솔길
가쁜 숨소리
앞장서 걷고 있다

힘줄 툭툭 불거진
팔목 감아 잡고
외로움이 악취처럼 퍼진
도심을 빠져나와
구석에 접힌 한 떨기 한숨
흔들바람에 펼쳐 씻으며
봉우리로 향한
휘어진 등줄기엔
꽃망울이 송글송글 맺혀 있다

노쇠한 신경줄
밀고 당기며 오른 봉우리
비록 생의 끝자리일지라도
바람 방석에 앉은
꽃잎 같은 노부부 입가엔
주름 가득 환한 웃음
나팔처럼 터트리고 있다

조밥나무꽃

하얀 유치원복차림의 아이들
휘청휘청 줄다리기 한다
이리 저리 끌고 끌리는
줄에 매달려
여엉차 여엉차
하얀 이 악물고 서로 뻗댄다

응원하는 함성들
벌떼 소리처럼 웅웅댄다

소복소복 내려앉은
봄볕 부스러기 밀고 온 바람이
옥상 위 빨랫줄 흔들어댄다
빨랫줄에 널린 하얀 속옷 송이들
꽃향기로 날린다

부채

수박을 반으로 자르고
반을 또 반으로 잘라 놓으면

뜨거운 손들이 모여들어 찬바람 일으켜요
붉은 살들이 으스스 찬기를 일으켜요
순식간에 입안을 소용돌이치며
으스러지는 바람 소리 만들어내요
회오리바람이 후텁지근한 가슴 식혀주는지
수박 먹는 얼굴들 붉은 기 가라앉혀요

부챗살 바람 한 조각씩 쪼개들고
서로의 입안에 물려준다면
아삭아삭 깨무는 바람 소리
서로의 귀 활짝 열고 담아준다면
몸속을 돌다 넘쳐나와 퍼진 바람의 맛
이보다 더 향기롭고 시원한 부채질
여름마다 만날 수 있을까요

다리 밑에는

내상다리* 밑에는
거지 신기가 살고요
해창다리** 밑에는
꼬막장사 아줌마 산다는데
일곱 번째로
다리 밑에서 주워왔다는
딸부잣집 구박데기
구박받는 날이면
울 밑에 웅크리고 앉아
해거름이 지나도 오지 않는
꼬막장사 아줌마 기다렸다네요
서러움을 훌쩍훌쩍 들이마시며
두 눈 빨개지도록 기다렸다네요

훌쩍 자란 아이
아이 둘을
다리 밑에서 주워왔고요

---

* 전남 순천 작은 냇물 위에 놓인 다리.
** 꼬막 조개 등 해산물이 많이 나는 여수 부근에 있는 다리.

이따금
해창다리 밑 꼬막장사 떠오를 때면
밤하늘 바라보며 다리 위 걸어본대요
물 아래 달그림자
껄껄껄 웃음 흘린대요

다리 밑에는
마르지 않은 이야기 흐르고 있대요

항아리

항아리만 보면
들어앉고 싶다는 아이

물 그득한 항아리 안
뚜껑 덮고 들어앉아
지그시 눈 감았다 뜨면 어떨까
손바닥으로 물장구 쳐보면 어떨까
항아리 벽 툭툭 발로 차보면 어떨까

젖은 행주 든 엄마
항아리 뚜껑부터 밑바닥까지
맑은 물 뿌려가며 말끔히 닦아주겠지
그 안에서 꼼지락대는 아이
엄마 손길 부드럽게 느껴보겠지

장독대에서
뚜껑 열어젖히고
빛과 바람 버무린 아이
한복 곱게 차려입은 엄마

마당 나서는 뒷모습
아리도록 바라보다가
고운 치마폭 파고들어
포옥 안기고 싶었을까

달

개울가에 호박넝쿨
불쑥 솟은 바위 친친 감고 있다
넝쿨꼬랑지 고리 걸어
개울 건너로 터널 만들고 있다
물소리 따라
늙은 사내 몸
넝쿨터널 안으로 빨려들고 있다
물에 반이 잠긴 바위에 앉아
이끼 문질러주고 있다
물줄기 약하게 흐르고 있다
깔깔대며 몌 감던 아이들
소리 흘러가고 없다
넝쿨천장에 매달린 둥그런 호박
얼비치는 개울 빛에
환하게 익어가고 있다

뽕잎차를 마시며

찻잔 속에 띄운 뽕잎 순
바싹 말라 오그라든 몸 풀어내네요
혈색 돌아 잎맥이 수액 뿜어내네요
김이 모락모락 피어오를 때
꼬물꼬물 기어오르는 누에가 보여요
들여다보는 찻잔 속은
투명한 누에의 몸속 같아서
내 몸도 누에 몸처럼 투명해질까
뽕잎은 누에 밥일 때나 똥일 때나
매한가지 향기를 풍기는데
나는 왜 한결같지 못할까,
탁한 마음 가다듬으며 차를 마셔보아요
공연히 엄지와 검지 잔속에 찔러 넣고
축 처져 가라앉은 뽕잎 집어 올려요
남은 찻물 방울 손금 사이로 흘러들어요
잎맥 닮은 손금을 타고
누에 한 마리 꼬물거리며 기어가네요
뽕잎 모양 손바닥 비벼보아요
누에가 뽕잎 갉는 소리 귓속으로 스며드네요
비단결처럼 순간, 마음 매끈해지네요

꽃잎 바람개비

고향집 마당은 꼭 한반도를 닮았었지
마당가에 무궁화 연분홍으로 피어나면
다섯 장 꽃잎을 반반으로 가르고
가른 꽃잎 반반씩만 잘라냈지
뾰족 나온 암술대 삭둑 자른 밑자리
一자, 나뭇가지 헐렁하게 꽂아 넣으면
꽃잎 바람개비 바람을 밀어대며 내달렸지
대문 밖에서 안마당까지
달음질치며 휘도는 작은 한반도
꽃바람 뱅글뱅글 만발했었지
환한 웃음 속에 핀 꽃잎 바람개비
TV 화면 속 애국가도 따라 달렸지
무궁화 삼천리 화려강산이
고향집 마당 안에 팔랑팔랑 펼쳐졌지

피어나는 것들

옹기옹기 앉은 아이들 입에서
해맑은 말들이 소곤소곤 피어난다
제비꽃 민들레 봄까치 냉이꽃
한 마디 두 마디
이름 부르는 대로 피어난다
한 아이가 냉이 꽃대 하나 꺾어 들고
마법의 봉이라고 흔들어대며
마법의 성으로 간다고 앞장서 날아간다
나머지 아이들도
마법의 성을 향해 쪼르르 날아간다
제비꽃 민들레 봄까치도 따라 나선다
마법 같은 소리만 뿌려놓고
하루 이틀 사흘……
머릿속을 울리며 구르는 소리
마법의 성 마법의 봉
흐린 눈으로는 볼 수 없는 것들,
아이들 머물다 떠난 빈자리를 본다
아지랑이 들썩이며 꽃들이 피어오른다
저만치서 피어나는 봄이 아른거린다

민들레

한낮 발길에 스친 노오란 꽃등
어디로 사라진 것일까
어둠 속을 한참 두리번거리다
밤하늘을 올려다본다

하늘 한 복판 서성이는 별 하나
끌어당겨본다
먼 곳에서 뿜어내는 금빛 후광
밤길 환히 밝히고 있다
품에서 아이들 일찍 놓아버려서일까

안개와 구름이 가려도 마다 않고
낮에는 땅에서
밤에는 하늘에서
자나 깨나
온몸 태워가며
아이들 앞길 환히 밝히고 있다

3부

자판기여자

자판기여자

눈빛만 보아도 무얼 원하는지 알아차리는 자판기가 있어요 아니, 자판기가 되어가는 여자가 있어요 지나는 사람들에게 비친 여자 눈, 전광판 불빛이에요 불빛 앞으로 표정 없는 남자가 다가서네요 불쑥 담배 주세요(종류가 한두 가진가요? 이름을 정확하게 입력하세요!)

입이 얼어붙은 여자, 말없이 내장된 기억의 신경망 마구 더듬어요, 손이 저절로 올라가 집은 걸 꺼내주네요 표정 없는 남자 입꼬리 쓰윽 들어올리는 걸 보니, 제 뜻대로 센서가 작동했나 봐요 여자도 얼었던 입이 풀리는지 미소 가볍게 날려주네요

스치는 웃음이라도 주고받을 수 있다면, 성능 좋은 자판기로 업그레이드해야 하는 여자, 인적 뜸할 때면 내장된 기억창고를 뒤적거려요 차곡차곡 꽂아놓은 얼굴 하나하나 빼내들고 물건과 맞대어 보아요 무료한 시간도 없이 회로를 돌려대는 여자, 자판기가 되어버린 여자

바닥을 쓸다

늦은 밤 빵집 천장으로 매미 한 마리 날아든다 날개 요란하게 퍼덕이며 까칠한 다리로 형광등 긁어댄다 빛부스러기라도 감질나게 붙들려는가, 천장에서 바동거리며 발악한다 태엽 다 풀어지는 소릴 내뱉는다

무료하게 밖을 내다보던 빵집 청년, 퍼덕이는 날개를 시선으로 잡는다 불빛이 날개 망사 뚫고 뿜어져 나온다 순간 바닥으로 곤두박질치는 매미, 날개로 바닥을 쓸어댄다 함께 떨어진 시선 한동안 바닥을 구른다 허공을 움켜잡으려던 매미 서서히 다리 오그라든다

빵집을 접어야 할 때가 온 것인가

불빛이 청년 어깨를 짓누른다 빗자루 힘없이 들고 뻣뻣하게 굳어버린 날개 이리저리 살피다 쓸어 담는다 길게 늘어진 그림자가 바닥을 쓴다 그림자가 청년을 끌고 출구로 나선다 보도블록 위를 서성이는 그림자 더 이상 날 수 없는 밤하늘 향해 기지개만 활짝 펼쳐 보인다

입춘

늦겨울 보리밭에 진눈개비 휘날린다
세찬 바람이 보리싹 따귀 때려댄다
시뻘겋다 못해 시퍼렇게 멍든 모습으로
구겨진 몸 펴려고 안간힘 쓰는 보리싹
매섭게 짓누를수록 여린 독기 푸르게 솟는다
늦은 밤이면
갈 곳 없이 저 혼자 뒹구는 발길질,
꽃샘바람을 이겨 먹는다
남은 겨울이 극심하게 짓밟고 지나간 뒤
들뜬 뿌리에 흙 다지듯 상처 매만져 본다
흠집으로 일그러진 몸, 추켜세워 본다
이랑마다 흙냄새 촉촉하게 배어난다
눈에 덮인 듯 흐릿한 눈빛
풀물 들어 축 처진 어깨에 파스 내가 시리다
푸르죽죽한 몸, 여태 살얼음 속에 머물렀지만
언 땅 박차고 일어서서
봄볕과 바람 환하게 들이켜리라
젖은 흙 훌훌 털어내고 뼈 마디마디,

푸른 힘 탱탱하게 채워 생계 꾸려나가리라
얼어붙은 가슴 가지런히 솔질하고
알 차오른 보리처럼 꼿꼿하게 피어나리라

수양버들

창문에 드리운 바알, 걷어 젖힐 수 없었네
그 바알, 바람 타고 하느작거리면
문밖을 지나가는 발소리 말굽소리처럼
귓속을 울려대곤 했었네

멀리서 네 뒷모습 바라볼 때면
바람에 날리는 말갈기가
말의 꼬리가
말의 채찍이
내 심장을 때려대곤 했네
창 밖에서 말굽소리 들려올 때면
말 잔등을 비질하는 마부가 되어
고삐 쥐고 초원 향해 멀리 날아가곤 했네
억새밭을 평화롭게 달려도 보고
터벅터벅 여유롭게 걸어도 보며
털을 솔질하는 손가락 빗 유연하게 빛나곤 했네

바람의 손아귀 너의 머리채 휘어잡고
뒤흔들어 휘청휘청한 걸까

바람의 발자국 위로
떨어져 머뭇거린 머리카락들
아직 물기 머금은 머리카락들
슬슬 쓸어 모았네
내 손바닥 가득 너를 쓸어 모았네

나부끼는 오월의 수양버들 이파리

미니스커트가 잔으로 보일 때

진열장 안쪽으로 자리 옮긴 지 오래다
와인 빛처럼 화려한 시절도
비워버린 지 오래다
쓰디쓴 소주 앞에 놓고
유리잔에 맑은 술 따라 채울 때
미니스커트 입은 여자가 잔 속으로 들어선다
잔을 거꾸로 들면 미니스커트로 보여서일까

하루 꿈을 채우려 버스를 기다리는 여자
모자라는 잠 속을 일찍 빠져나온 여자
덜 풀린 피로를 다리에 매달고 서서
공복의 잔 채우기 위해 버스를 기다린다
안개는 잔의 다리 마사지하듯 어루만진다
서성거리는 잔의 다리 사이로
불투명한 하루의 바람 먼저 감긴다

식전부터 손님이 억지 부리며 톡톡 쏘아댈 때
뱃속 가슴속이 부글부글 끓어오를 때
설득이 유리벽에 막혀 먹히지 않을 때

손님 뒷모습이 내내 쓰디쓴 소주처럼 느껴질 때
잔에다 눈물 채워 들이켜지 말기
정신의 잔 채우고 비우기를 크리스털처럼
단단하고 투명한 빛깔로 반짝이게 하기
집으로 무사히 돌아올 때까지
절대로 잔을 뒤집거나 넘어뜨리지 말기
늘 이슬처럼 맑은 희망 채웠다 비우는
잔다운 잔 되기
그 부딪는 소리가 주변을 맑게 깨우기를
주문처럼 외우며 사는 여자

집으로 돌아와 베란다에 선다
다림질해 놓으면 하나의 잔이 될 미니스커트
탈탈 털어 뒤집어 말린다
하루의 찌꺼기들 뚝뚝 떨어진다 속이 마른다
잔의 바닥처럼 둥그런 달빛 미니스커트 감싼다

폐교 안의 호스피스들

    지붕 등줄기 헐어서 상처 깊은 자리, 밤새 폐부 훑어대던 바람이 앓는 소리를 낸다 안개가 뒤척이며 상처를 어루만져주는 아침, 거미들이 뚫린 창문의 가슴팍 꿰매느라 이슬땀 범벅이다 교실 칠판 아래 분필들 다다닥 괴발개발 갈겨쓰던 시절 먼지 말아 감고 고치처럼 복도까지 구르고 있다 화단 변두리 수선화 수선스럽지 않은 미소로 지난날의 향수 자아낸다 사철나무 흔들어대는 새들 해맑은 소리로 핀셋 물고 헐은 지붕 구석구석 소독하는지 날갯짓 포드닥거린다

    내일을 다지던 아이들 발자국 차곡차곡 묵혀둔 운동장, 민들레 질경이 씀바귀 고개 삐쭉 내밀어 이슬의 젖 빨아대며 발돋움한다 아이들의 기억 뿌리처럼 내리고 누운 운동장 가장자리, 철봉과 그네 손때 묻어난 녹을 꽃피우고 있다 녹의 꽃잎 활짝 피우느라 늙어버린 바람마저 애써 의연한 손놀림으로 쓰다듬어주고 있을 때, 을씨년스러운 폐교 뒷산이 욱적욱적 들썩인다 공동묘지가 즐비한 소나무숲 속이다 망령들이 모여살기 딱 좋은 자리라도 되는지 무당들이 굿판 벌려 이승의 사람을 끌어모은다 운동장의 어깨

툭툭 치며 오르는 사람들 뒤를 따라 폐교 안의 호스
피스 눈길도 덩달아 바빠진다 보이는 것과 보이지 않
는 것의 경계 모호한 자리다

　왁자한 뒷산 바람이 교실 한 바퀴 휘돌아 나간다
경계 허물어진다 안개도 뿌연 몸 내두르며 주변 이야
기 끌어안더니 햇살의 주사침을 모르핀처럼 건네받
는다 호스피스의 손길 뜨겁게 느끼며 스러져가는 폐
교, 통증을 싱그럽게 견디고 있다

비누 귀퉁이나 야금야금

이내 흐릿하게 깔린 마당 한쪽
외따로 놓인 찜질방으로 여자 셋이 들어섭니다
방안에서 따끈따끈한 시간 갉아대던 나는
잽싸게 몸 굴려 구석 틈으로 숨어듭니다
뒷문으로 나가 오들오들 떨리는 몸
문틀에 착 붙이고 귀를 쫑긋 세웁니다
스윽스윽 비질하는 소리 올라오다
이내 가라앉습니다
빙 둘러앉아 비밀상자라도 뜯어대는지
떠들썩한 소리 내 신경줄을 찔러댑니다
누군가의 인신 방안 가득 펼쳐놓고
자근자근 씹어대다 뱉어버리고
또 다른 인신을 끄집어내어
구린내 심하다고 손사래 치며
하수구에 쏟아 붓는지 왁자지껄합니다
아무리 한적한 시골이라도 그렇지
저렇게 남의 허물 생살 벗기듯 벗겨댑니다
손님들의 입방아로 뿌옇게 빻아진 말
먼지처럼 뒤집어써서일까,

70

온몸이 근질근질 참을 수 없습니다
뒷마당 구석에 오줌 찔끔 갈기고 슬그머니
내려와 마당 수돗가를 서성입니다
몸이라도 씻어버리면 좋으련만
귓속이라도 씻어내면 좋으련만
비누 귀퉁이나 야금야금 갉아댑니다
내 숨을 타고 몸속으로 파고든 뿌연 말들
씻겨 내려가는지 뱃속이 미끈거립니다
뒤뜰에 댓잎들 쉬, 쉬, 쉬, 물소리 내며
작은 내 귀와 등을 쓸어줍니다
귓속으로
빈 바람소리만 지나갑니다

아비뇽의 처녀들

— 파블로 피카소의 대표작 〈아비뇽의 처녀들〉을 보며

아비뇽의 처녀들이 처녀 한 명으로 보입니다

조각칼처럼 예리하고 현미경처럼 정교한 당신 시선 앞에서 무방비로 벗은 몸 혼란스러웠지요, 맥박은 불안과 설렘이 반죽되어 콩닥콩닥 튀어 올랐고, 내 시선이 당신 말고 딴 곳을 보는 찰나, 찰나를 속속들이 도려내어 또 다른 나들을 캔버스 위에 펼쳐놓았죠, 그러니까 당신은 당신 안에 온통 자리 잡은 나의 실체, 겉모습을 뚫고 내면의 모습까지 끌어내어 해체하고 조합하기를 반복한 거죠, 살굿빛 부끄러움을 적나라하게 비틀더니 풍만한 가슴은 본질을 파내다 보니 삼각꼴 흔적만 남은 건가요? 아니면 나의 여성성을 아예 무시하려 지워버린 건가요? 친절하게도 코는 세태를 비질하며 맑은 공기 마시라는 듯 빗자루 올려놓았네, 그래요 당신은 나에게 투시경 들이대듯 뚫어 보며 몰입하였죠, 꿈틀거린 내 내면 하나하나 놓치지 않으려 눈 부릅뜨고 굴리다 보니 눈이 시리고 눈물이 고여, 당신 앞에 선 내 모습 여러 겹으로 어른거렸죠? 그 순간 나는 나들로 나열되어버린 거죠, 그런데 튼실하게 생긴 원뿔형 허리와 근육질의 다리는 당신을 지탱하라는 힘의 상징인가요? 놀라워라, 지금 나의 기괴한 눈빛과 뒤틀린 머리가 당신의 남성성을 읽고 있어요, 그러니까 당신과 나, 젊은 감정의 물감은 장밋빛 열정과 푸른 멜랑콜리로 녹아내리며 시대적 배경을 물들인 거죠, 마치 어머니 자궁 양막 속, 다태아의 움직임처럼 자유로운 뒤틀림으로.

어떤 시선 하나가
화가의 열정, 생생히 배열된 캔버스를 들여다봅니다
처녀 앞에 놓인 싱싱한 과일 한 조각 꺼내듭니다
단단하게 익은 씨앗을 헤집어 발라냅니다
과일의 도형과 육질의 실선을 따라
굳어있던 사각틀 안의 시간이 풀려나옵니다
아비뇽의 한 처녀, 창문 안에서
양 손바닥 다소곳이 아랫배에 얹고
명멸을 잊은 대지의 몸빛으로 서성입니다

장날

쌍암장 입구 할인매장 앞
배꼽 드러낸 아가씨
허리 돌려대며 오픈 벨 울리고 있다
장으로 들어선 발걸음 끌어당기고 있다
몰려드는 발들이 엉켜 시끌벅적한 곳
바라보던 여자 발길을 장터 안으로
끌어당긴다

속이 텅 비어 뼈대만 앙상한
슬레이트지붕 사이를 걷는다
비오는 장날의 풍경 그리며 걷는다
질퍽한 바닥 밟으며
흙탕물에 왁자지껄한 발들 바싹 말라
먼지만 날리는 바닥을 보고 있다
걸쭉하게 끓어 넘친 팥죽
훈김 구수하게 뿜어내는 튀밥
오색 즐비한 옷가게
별들이 솟구치는 대장간
다 사라져버린 장을 보고 있다

시장 모퉁이 어전
등 굽은 노인 몇 명
전어 서대 고등어 위에
소금 몇 주먹 뿌려놓고
뜸하게 찾아온 발걸음 반겨주고 있다
시끌벅적한 파리 쫓아내고 있다

번짐

논길 옆 덤불 속, 수맥 흐르는 곳에 터 잡은 탓일까 혹한의 날씨가 갈피 잡지 못한 탓일까 찬기 새어든 방에서 꽃잠 설친 날 부지기수였어 좀더 눈을 붙이려 웅크린 채 흙이불 돌돌 말았어 그런데 난데없이 축축한 물이 악취를 풍기며 온방을 메웠어 뒷다리에 힘주고 벌떡 몸을 일으켜 보니 뱀처럼 흐물흐물한 것이 나를 휘감고 돌았어 심장이 벌렁거려 허둥지둥 밖으로 뛰쳐나왔지

뼈를 드러낸 나무들 땅속에 발목 묶인 채 진저리쳤고 마른 풀밭 아래 실뿌리들 술렁거렸어 언 땅이 산통의 조짐 보이기는커녕 사산을 겪은 듯 어두웠어 이게 웬 날벼락인지 경칩이 되려면 아직 달포나 남았는데 검은 핏물에 범벅이 된 개구리들 끈적거린 혀에 달라붙은 이물질 게워내느라 비빗거리며 맨땅 쥐어뜯다 굳어가고 있었어

뱀의 독보다 더 지독한 저 검은 핏물은 떼로 살처분 당한 어느 동물의 살가죽 안에서 버둥거리다 찢기고 찢기다 터져 여기까지 흘러든 걸까

영문도 모른 채 변을 당한 개구리들 온몸에 퍼진 독 짊어지고 어디로 나가란 말인가 논물에 몸 하나 던지면 그 뿐일까? 아니면 개울물에? 아무리 생각해도 알 수 없어 아직 매서운 바람 앞에서 뻣뻣하게 굳을 수밖에

바람은 내 몸 염을 하듯이 핥아주겠지 날아가던 눈먼 날짐승들 통통 뛰어와 독이 번진 몸, 성찬이라며 콕콕 쪼아 넘기고 꺽꺽대는 노래 소리 허공에다 구토처럼 쏟아내겠지 날개 푸덕이다 힘없이 접겠지, 소용돌이 치는 공기들 흩어지다가 결국 당신에게로 스밀지 몰라

그때 나를 신선하게 호흡해 줄래요, 당신

호박꽃 떨어진 자리

배꼽티 걸친 여자를 훑어본다
청바지 위로 불룩 삐져나온 뱃살
두 겹으로 접힌 한 복판,
살가죽 뚫고 틀어박힌 금붙이 번쩍인다
누렇게 익은 호박 밑동
꽃 떨어진 자리, 후벼 파려는
애벌레로 보인다, 마치
꼬리를 머리 쪽에 붙이고
온몸을 고리처럼 말아 감은
애벌레,

꽃의 열매로 영글어갈 때
양분 빨아대던 통로
열매의 탯줄
여리고 신비로운 자국
그 길목 뚫고 들어가려는 저
고리, 녹슨 못에 걸린
쇠고리인가,
금붙이 초라하게 흔들린다

배꼽 후비면 못 쓴다
나무라던 목소리
기억 속에서 벌떡 일어선다
어릴 적
배꼽 몰래 후비다 배앓이로
밤새도록 들랑거리며 잡아당긴
방 문고리처럼
대롱대롱

머릿속을 흔들어댄다

겨울 파도

중년 사내들이 부르튼 맨발로 뛰어온다
눈앞을 가로막은 거대한 바위에 부딪혀
바위 틈바구니로 한번 곤두박질친 사내들이
거센 바람 밀치고 허우적거리며 몰려온다
바다의 벼랑 끝까지 내몰린 사내들이
밀물에 휩쓸려 몰려온다

일터 하나 얻지 못한 채
철퍼덕, 주저앉아버리면 어쩌나
모래밭 낙오자로 나뒹굴면 어쩌나
살얼음처럼 하얗게 발버둥을 치다가
다시 일터를 찾아
막막한 바다로 나아가야 하는 사내들
입에 거품 물고 맨몸 디밀어보지만
등 떠미는 바람 사그라지지 않는다

겨울바람이 할퀴고 지나간 바닷가
사각지대,
내동댕이쳐진 얼어붙은 길의 가닥들
허옇게 굳은 몸 으스스 떠는 소리
서걱서걱 들려온다

4부

찌그러진 원

점 봐주고 나오다

잡히지 않는 불안이 허공에서 펄럭인다
다세대주택 골목 사이
붉은 깃발 하얀 깃발 발길을 붙잡을 때
팔랑개비처럼 돌고 도는 마크가 바람을 휘감을 때
뿌옇게 도사린 불안이 먼저 들어가 앉는다
할아버지 흰 수염과 붉은 입술이 주저리주저리
주술 같은 묘법을 마구 쏟아낼 것 같은데
신통하다는 보살집 상차림이 영 방통치 않다
먼지 두른 모조 다과가 내내 손님을 맞고
오래되어 신기마저 다 타버린 초에 불꽃이 인다
희뿌연 연꽃과 동자승, 물고기와 고깔 쓴 여승이
슬금슬금 원색의 자세 가다듬고 숨을 고른다
무슨 덕을 보자고 여기까지 찾아온 건지
막막한 앞길을 누구보고 보살펴 달라는 건지
가만 보아하니 단칸 사글세방에 차려진 허접살이
흐린 눈빛의 보살 발걸음도 휘청거린다
운명이건 팔자건 사고 팔 수만 있다면
복채라도 후하게 얹어 베풀 수만 있다면
살풀이 굿이라도 한판 떡, 벌이고 난다면

신통찮은 이 보살, 제 운세나 확 트이려나
언제 이 갑갑한 골목부터 벗어나
제 팔자도 알지 못하고 풀어내지 못하는
눈치 하나 던져버리고 떵떵거리며 살 날 오려나
점 보러 갔다가 도리어 점 봐주고 나온다
어디로 튈지 모를 막막하고 불안한 앞날이
내 발길 붙들고 침침한 골목을 빠져나온다

파도가 사는 마을

골목 놀이터에 어둠이 내려앉아 시소를 타자
아이들은 썰물처럼 집으로 빨려 들어가고
빈 그네만 선착장에 뜬 배처럼 뒤뚱거린다
남은 발자국 몇 개 찬바람을 덮고 눕는다
벤치 쪽 바람 한 자락 들썩거린다
비닐봉지 부스럭대며 파도소리로 밀려온다
가로등 불빛이 하얗게 포말을 일으킨다
휘청거리는 사내 벤치에 몸을 구겨 넣는다
힘겹게 소주 한 병 꺼내 목구멍에 들이붓더니
빈병을 모랫바닥에 내동댕이친다
빈병이 검푸른 몸을 번쩍 일으킨다
세상 쓴맛에 저항이라도 하려는 듯
사내 몸속으로 들어간 쓴 소리들이 소용돌이친다
커다란 술통이 고래고래 소리를 질러댄다
횡설수설 쏟아낸 말들이 골목 이곳저곳으로
거칠게 출렁이며 퍼져 나간다
겨울 바닷가 밤바람만 맵짜게 맞받아친다
나뭇가지에 하루치 잠을 얹은 새가
소스라쳐 날개 퍼덕이며 자리 옮긴다

갯골 같은 골목들은 쏟아낸 말들 삼키느라
움찔움찔 연동운동 하는지, 지나는 그림자
나타났다 사라지고 사라졌다 나타난다
밤새 비릿한 냄새들이 출렁이다 스며들고
개들이 가끔 트림하듯 짖어대다 제풀에 꺾인다
어둠을 마신 사내가 밤파도 한 움큼씩 퍼붓다
아침이면 햇살 잔잔하게 물결치는 골목 놀이터
아이들 하얀 이빨이 간밤의 파도 잠재우듯
은물결처럼 반짝반짝 덮어주며 뛰놀고 있다
파도가 지나간 놀이터 다시 푸른빛으로 일렁인다

질경이의 봄

유모차 한 대 꽃샘바람 헤치며 덜덜 굴러온다
바리바리 실린 짐들도 기우뚱기우뚱 굴러온다
목도리 돌돌 말아 감은 흰머리도 뒤 따라 굴러온다
굴러 굴러서 마지막 멈춘 고층아파트 담벼락 앞
반 접힌 허리 구부정히 펴도 하늘은 까마득하다
손자같이 여린 봄나물 좌판에 깔아 놓는다
분주한 발길이 깊이 잠든 겨울을 자분자분 깨운다
죽은 듯 숨죽인 채 뿌리 하나 길바닥에 내려놓고
좌판 펼쳐놓듯 한뎃잠에 길들었다
뻣뻣하게 굳은 어깨 찬바람에도 막힌 피 도는지
보도블록 틈으로 저릿한 다리 뻗으며 기지개 켠다
더딘 몸놀림이 좌판 언저리에 앉아
지나치는 눈길 끌어당겨 봄 향기 건네 본다
먹고살자면 하루치 밥벌이는 해야 할 텐데
고층아파트 끝은 멀기만 할 뿐 도무지 잡히지 않는다
나물에 묻은 흙 탈탈 털며 마음속 근심도 털어낸다
어느 틈에 봄 향기도 바람 타고 솔솔 퍼져 나간다
흙 알갱이가 보도블록 틈바구니에 솔솔 뿌려진다
굳은 어깨 위로 봄기운 한 모금 내려앉는다

참새 몇 마리 행인 뜸한 사이
노곤한 한낮을 토닥토닥 북돋아주고 있다
틀에 박힌 틈새 벗어나지 못해도 입에 풀칠은 하겠다

밥줄

사내는 아침부터 술 한 잔 걸쳐야 산단다
술기운으로 눈앞을 흐릿하게 둘러야 산단다
죄 없는 소라도 때려눕혀야만 버틸 수 있는 일터
끌려가듯 들어서자면 술이 약이 된단다

순한 소들이 턱 내밀고 옆으로 줄을 서서
목장의 푸른 날들을 소리 없이 글썽이는 곳
들어서는 사내에게 방울눈 던져보지만
흐릿한 막에 부딪혀 튕겨지고 만다
망설임을 술기운에 적셔버린 사내
온 힘을 모아 쇠망치 들어 올린다
단숨에 정수리 내리 찍는다
뚫린 정수리에 쇠꼬챙이 찔러 넣고 휘휘 젓는다
여물 되새김질하던 기억들 뜨겁게 터져 나와
사내 코끝을 핥아댄다
내리찍고 젓는 손 거칠게 떨린다

정수리 맞은 듯 먹먹한 하루 접을 때면
아빠를 부르는 아이의 얼굴, 뚫린 정수리에 박혀

환하게 웃어 댄단다 그 바람에 차마
밥줄 끊어버리지 못하고 스스로
고삐에 끌려다니는 소가 되어 하루를 살아간단다

巫 안에 내가 박히다

액자 안에 갇혀 사는 날들이 쌓이고 쌓여
터질듯 비좁은 공간 깨뜨리며 살고 싶어
지푸라기라도 잡으려는 갈퀴같이 가느다란 마음이
찾아 나선 동네 뒷골목 보리암
꽉 막힌 가슴보다 더 꽉 막힌 막다른 골목
양철대문 열자마자 또 부닥치는 벽 앞에서
내 환영을 걷어내며 방으로 들어선다
사각 틀에 턱 버티고 앉아 있는 巫라는 글자
巫 안에 갇혀 허우적거리는 또 다른 내가 앉아 있다
工 이라는 글자 양 가슴에 꽉 박힌
人과 人은 나와 남이 화해하지 못하고
서로 날 세우고 앉아 있는 듯하다
세우면 세울수록 뾰족해지는 人, 고꾸라질라 불안하다
어차피 나와 남은 다른 존재 아닌가, 아니
工 속에 나눠 놓고 보니 나와 또 다른 나로 보인다
한 가닥 지푸라기라도 붙잡으려는 나와
밑바닥 치고 일어나려 허우적거리는 나
巫 안에 콕 박혀 있다
내가 나를 이기지 못하고 살아왔구나

액자 밖으로 주섬주섬 나를 불러 담아
허둥지둥 보리암을 빠져나온다
두 다리라도 보살피려는 종종걸음이
가파른 골목길 미끄러지듯 내려와 인파 속에 나를 섞는다
이판에 한판 뒹굴어보자고
허기진 발걸음 공처럼 통통 튀어 오른다

황금박쥐

황금기가 언제인지 알아도 모르는 사십 끝자락
거꾸로 붙들고 버둥거린 두 발
짙은 화장에 금빛 펄로 가린 주름살
양어깨에 치렁한 옷차림 화려하다
방금 뿌렸는지 향수 냄새 진한 보랏빛이다
동굴에 자식 두고 나오는 건 이골이 난 듯
화려하면서도 예민한 것이 그녀 일상이다
빌딩숲으로 날아들기 전,
사탕 한 움큼을 산다
남자들 성화에 따라준 술 마시고 마시다
당뇨환자 되어버린 걸까
하루 끼니 위해 날개 맘껏 펼쳐야 할 때
단물신물 다 빠져 곤두박질칠 때 먹으려는 걸까
그 씁쓸한 속 알 수 없지만
지나는 사람이 스치기라도 하면
톡톡 쏘아붙이는 초음파
파장 진한 향수처럼 주변으로 파악 퍼진다
멀쩡한 사람까지 감지해 날개 꺾어 놓는다
어둠이 내리는 길로 서둘러 날아가는 몸짓

음습한 곳에서 먹잇감 낚아채듯 마이크 집어 들 것이다
일거리 없는 동면에는 허리띠 바짝 조여야 하므로
밤 이슥토록 빌딩숲 퍼덕거리며 주머니 채울 것이다
양 날개 황금빛으로 펼치며 날고 있을 것이다

밤

추석이 지난 것을 아는지 모르는지
자식들이 다녀간 것을 아는지 모르는지
기억이 밤처럼 캄캄해져버린 여인

습관처럼 수건 한 장 머리에 두르고
밤나무숲에서 밤을 줍는다
헝겊 허리끈 풀어
다 큰 자식들 목소리 품에 감싸듯,
목에 건 핸드폰 가슴팍에 묶는다
양 귀를 핸드폰에 끌어모은다
피로 이어진 끈 끊어질까 두려워서일까
핸드폰을 애지중지 다룬다

푸석한 밤잎사귀 뒤적이는 여인
윤기를 두른 채 흙 속에
머리 박은 밤을 줍는다
밤송이 발로 비벼 밤알 꺼내더니
벌레가 파먹은 밤, 물끄러미 바라본다
치매라는 그림자 까맣게 깔린

머릿속 기억 한 자리도
밤벌레가 파놓은 터널처럼 깜깜한 걸까
터널 속에 시선을 밀어넣다 말고
숨을 길게 토해낸다
시선 힘없이 밤나무에 걸친다

가을햇살이 밤나무그물 뚫으며 빠르게 지나간다

지팡이

진눈깨비 앞을 가리는 밤
앞 못 보는 아이
번개표 형광등 사들고 가게 문 나선다
발로 방향 틀어 보도블록 살살 디딘다
고개를 하늘로 젖혔다 숙인다
진눈깨비 눈꺼풀 위에 떨어진다
축축하게 떨리는 눈꺼풀 발끝에 모은다
형광등 끝으로 허공 찍으며 길목 더듬는다

골목길 모퉁이 돌다가
형광등 옆구리 담벼락 모서리에 찍힌다
형광등 퍽, 터지며 부서진다
아이는 형광등 들었던 손 만지작거리며
몸 다시 틀어 가게 쪽을 짚을 때
발밑에 진눈깨비 질퍽거린다

새 형광등 옆구리 움켜쥐고
가게 빠져나온 손,
가슴팍에 형광등 수직으로 세워 들고

한 팔 쭉 뻗어 어둠 속을 젓는다
골목 모퉁이 가로등 불빛
쓸데없이 아이 어깨 위로 흘러내리고 있다

초복 무렵

텃밭 어슬렁거리는 중년 사내 앞으로
토종닭들이 한가롭게 먹이 쪼고 있다
고만고만한 영계들이 늘씬한 다리로
풀밭 젖혀가며 먹이 쪼아댈 때마다
엉덩이 들썩거린다
쏟아지는 햇살에 몸을 매끈하게 부풀린다
텃밭머리, 하늘거리는 가시오가피
닭똥 냄새에 코 벌름거리며 꽃을 피운다
그 아래 그물망 까맣게 두른 인삼들
뙤약볕 걸러내며 뿌리 쭉쭉 늘인다
마당 가, 대나무 닭장엔 늦둥이 영계들
어미 품속 이리저리 저으며 깃털 키운다
그 옆 소복하게 쌓인 장작들 몸 바짝 말린다
텃밭 두루두루 둘러본 중년 사내
닭들의 종종걸음과 주변의 향기
모조리 긁어모아 머릿속에 담아 본다
더운 바람에 찰박찰박 버무려 한 통 속에 담는다
서로 제 몸의 향기 한 올 한 올 벗겨내며
진하게 엉키는 걸 그려 넣는다

영계의 뽀얀 살결에 눈이 꽂힌 중년 사내
초복 헤아리고 서서 입맛 구수하게 다신다
슬그머니 땀 훔쳐댄다

흩어진 조각들

경부고속도로 한복판 오일탱크 뒤집혀졌다
발라당 네 바퀴 세운 채
쏟아지는 빗물에 흠뻑 젖는다

굵은 빗줄기가
차창유리 뚫고 튕겨 나온
빵 쪼가리 살점을 후비며
달콤한 창자를 파헤친다
내달린 바퀴에 엉겨 붙은 빵 쪼가리
물보라에 허옇게 부서져 흐른다

차선에 털썩 주저앉은 사내
등을 둥글게 말아 감고
머리 무릎 사이에 쑤셔 넣는다
빗물 번진 이마
두 손으로 휘어잡고 흔들어댄다

조각난 너와 나의 만남 다시
꿰맬 수만 있다면

흩어진 추억의 조각들 다시
쓸어 모아 끈끈하게 빚을 수만 있다면
빗물바닥에 반사된 불빛들 깜박깜박
사내 눈동자를 붉게 물들인다

먹구름 아래 검은 새떼
흩어진 조각들처럼
빗줄기 가로지르며 날고 있다

수차

소금밭에 두 발 담그고
태양의 날줄과 바람의 씨줄 엮어
소금 씨앗들 뿌려 놓았다
잔물결 반짝이는 시간 위로
화살 쏘아대는 뙤약볕과 짭짤한 바람
뼈마디도 한 방울씩 증발해 갔다
맑은 햇살 먹고 자라나는 소금나무
그늘 한 점 키우지 못하는 그 아래서
갈매기도 날개 접는 시간
머리 위로 맴도는 태양의 바퀴 따라
돌리고 또 돌리는 수차의 발 갈퀴
끝 보이지 않는 노를 젓는다
돌리고 돌리면 하늘 한 자락 잡을 수 있을까
흰 구름처럼 가볍게 살 수 있을까
발바닥 여기저기 박힌 대못도 빼내고
훨훨 갈매기처럼 날 수 있을까
점점 풀려가는 다리 힘 따라 말라가는 사내
푸른 하늘 길어 구름 한 자락 잡아 올리는
응축된 소금의 시간들

보석처럼 빛나는 정육면체의 알갱이들
피땀 말린 푸석한 사내 몸뚱이 휘감고 돈다
온통 소금꽃 허옇게 피어난다

무화과나무

볼록한 배 감추려 애를 쓴다
열 번째도 딸이면 어쩌나
남부끄러운 생각
두 볼 빨개진다

방 안 오글오글 앉은 계집애들
밥 한술씩 뜨면
노릇노릇한 갈치 발라 숟갈 위에
고루고루 얹어 준다
튀밥 한 자루 앞에도
오글오글 몰려드는 계집애들
서로 손 밀쳐대며 재재거린다
한 주먹씩 받아들고 오물거린다
빈손바닥 털어대며
고소한 냄새만 배불리 마신 애엄마
그 맘 아는지 모르는지

올망졸망 동글동글한 열매들
담 밖 내다보며

바람에 향기 실어 보낸다

날아오는 새들 당당하게
양팔 벌려 맞이한다

굳은살

늦은 밤 전철 안에서
중년 사내 노약자석에 털썩 주저앉는다
취기인지 핏기 얼굴에 몰려 있다
허리 접어 구두끈 푼다
긴장 속에 갇힌 하루를 푼다
구두에서 빠져나온 한쪽 발 무릎 위에 올린다
양말을 반쯤 벗겨 내린다
발뒤꿈치가 허연 입김을 토해낸다
바닥을 구르며 불어터진 살, 한 껍데기씩 쥐어뜯는다
허옇게 떨어져나온 굳은살 사내 주변을 맴돈다
사내는 조이는 구두 속에 발 넣지 않고
손에 든 비닐봉지에서 새 슬리퍼 꺼낸다
무거운 발을 끼워본다
얼굴에 핏기가 서서히 가라앉는다
하품하는 사내 목에서 목젖이 벌렁거린다
슬리퍼 대신 구두를 봉지에 넣고
손에 쥔 봉지를 보고 또 본다
사내는 문이 열리자
굳은살 박인 발 다부지게 굴리며
어두운 세상 속으로 사라진다

찌그러진 원

운동장 귀퉁이에
처박혀 있는 공
찢겨진 자리 흙먼지 뿌옇다
얼마나 걷어차인 걸까
이리 저리 차이다
머리까지 다 벗겨져
구석에 웅크리고 앉아
후유증 쥐어짜고 있다
넋마저 빠진 머리통
맑은 바람 불어오면
바닥 박차고
붕붕 떠오를 수 있을까
더 넓은 운동장으로
훨훨 날아다닐 수 있을까

운동장처럼 둥그렇게
부풀어 오를 꿈에 바싹바싹,
감기어 오는 바람의 손
찌그러진 원을
살살 어루만져 준다

해바라기

한 가족이 오밀조밀하게 서서
한 곳을 바라보며 활짝 웃는다

촘촘히 박힌 까만 눈들, 여물어 가는 씨앗들
저마다 높낮은 곳의 비바람,
헤치고 올라온 흔적, 미소 속에 감춘다

유난히 까맣게 여문 씨앗, 행여 빠져나갈까봐
듬성듬성 아픈 곳 생겨 가슴 시릴까봐
서둘러 셔터를 눌러 붙들어 놓는다

알맹이 꽉 찬 해바라기 한 송이
벽에 걸어 놓을 때,
살갑게 따라온 바람 한 자락
유리벽 안으로 화사하게 스며든다

다닥다닥 자리 메운 어제의 눈들
내일로 흩어질 시간 알차게 붙들고
액자 속에서
웃음 톡톡 터트리고 있다

5부

걸이라고 말해 두자

철길

그해 겨울 어머니는 나락으로 떨어지려는 나를 붙들고 역으로 나섰다 긴 사다리 타고 높이 올라가라고 역 앞에 세웠다 서울로 올라가는 사다리 길은 철길만큼이나 길고 멀어 까마득했다 기차는 어둠처럼 무거운 나를 태우고 뒤뚱뒤뚱 서울로 올라갔다 새벽을 헤치느라 된내를 헉헉 뿜으며 올라갔다

그동안 내가 사다리를 타고 슬레이트지붕 위에서 내려다본 세상은 조그마한 마을과 그 마을을 빙 두른 산과 냇물 뿐, 그곳에서 만지고 맛본 열매는 단감이나 홍시뿐이었다

따지고 보면 서울 역시 슬레이트지붕 위와 다를 바 없이 위태로운 곳, 못이 박히지 않은 슬레이트 밟으면 허방으로 빠지기 십상인 곳,

서울의 거리는 매일 긴장을 밟고 살아야만 했다 내가 딛고 올라온 곳을 내려다볼 여유조차 없었다 눈 깜작할 사이 코 베어간다는 말에 이미 내 심장은 오그라들었고 서울말이 윽박질러 익숙한 사투리마저 기를 못 펴고 늘, 반벙어리처럼 혀가 꼬였다 머리와 입이 따로 놀아 어눌한 촌뜨기 그대로였다

지붕 위에서 사다리 내려다보듯 철길을 본다 옛 시
간이 칸칸이 스며든 듯한 사다리, 시간을 뒤로 돌린
몸이 사다리를 디디며 차근차근 내려간다 창틀 밖으
로 펼쳐진 논과 밭 가로수와 절벽들이 꿈틀거리며 지
나간 시간을 여유롭게 풀어낸다 주눅들었던 마음이
기지개를 켜는지, 중얼중얼 풀려나온 사투리들 창틀
밖으로 날아가 아지랑이처럼 하늘거리며 풍경을 어
루만진다 추억의 기차 안에 실린 몸이 덜컹덜컹 사다
리를 밟는다

자화상

감잎 아래서
잎맥 앙상하게 드러내며
그물망 원 없이 짜놓았네
그 한가운데 벌러덩 누워
지나가는 참새에게
몸뚱이 맡기려는 줄 알았네
푸른 이파리 뒤에
찰싹 달라붙어
수액 벌컥벌컥 들이켜는 줄 몰랐네
여린 가지 목 조여대는 줄 몰랐네
이파리 떨어져나간 가지에
새파랗게 불거진 어린 감
가지 사이로 새어드는 햇살
허겁지겁 빨아들이는데,
제 살길만 찾아
이파리 무성한 곳으로
주둥이 실룩거리는 애벌레,
저것은 바로

잇속에 머리 굴리느라
징그럽게 굼실거리는
내안의 허기 아닌가,

눈썹

몸에 감긴 물기 털어내는 아침
좀 더 높이 좀 더 멀리 좀 더 날렵하길 바라는
갈매기의 마음, 거울 앞에 바싹 날아 앉네
양 날개 깃털 고르게 펴고
세상의 파도 위에서 균형 잡으려 하네
하루치 먹이 낚으려면
날개 무수히 퍼덕여야 할 거야
가끔은 둥지 속 알 누가 건들면 어쩌나,
초조하게 먹이 다툼에 끼어들기도 할 거야
이러저러한 일로 수없이 양 미간 찌푸리듯
날개의 각 바짝 세울 때도 있을 거야
그러다 상승기류 타야할 때
거꾸로 내리박혀 쓰디쓴 물맛도 보겠지
일이란 매사 입에 먹이 물고 있을 때처럼
날개의 각 유연하게 그려야 탈나지 않겠지
또 누가 알아?
파도 위를 거닐다 지친 날개 주춤할 때
눈썹모양 물고기 내 날개 제 무리로 알고
팔딱 튀어 올라 뜻밖의 먹이 낚게 될 지,

들뜬 마음이 손끝에 달라붙어 주절거리네
양 날개 고르게 손질하는 내내 주절거리네

유리수면 위를 가볍게 날아오르는
갈매기
날개 부드럽게 실룩거리며
둥지 밖 푸르디푸른 세상 속을 치솟네

피리

뻣뻣하게 말라버린 꽃뱀
발길 앞에서 대롱처럼 구른다면

벌리다 굳어버린 입 오므려 볼 거야
입 언저리 자근자근 납작하게 눌러 볼 거야
그곳에 손가락 하나 들어갈 구멍 생긴다면
그 안으로 손가락 질러 넣고
둥그렇게 헤집어 볼 거야
목구멍 들썩거린 틈을 타고
입김 불어넣어 볼 거야

심장에서 꼬리까지 탱탱해지도록
주문 외며 입김 불어넣는다면
어딘가 숨은 갈고리발톱 모양 성기 툭,
튀어나올지 몰라
갈고리 같은 성기 긁어댈 곳 찾다 뚝,
부러질지 몰라 차라리 떼어 내
제 몸, 심장에서 꼬리까지
마침맞게 구멍 뚫어 줄 거야

바람결에 소용돌이치던
꽃뱀의 영혼
구멍 속으로 스르르 들어앉걸랑
뻣뻣하게 굳은 관 속에서
구물구물 숨 고르다 선율 만들어내걸랑

물결치는 바람의 몸짓으로
비탈진 밭고랑에 늙은 여인 보일 때까지,
산 넘고 계곡 넘어 볼 거야
맺힌 한 구슬피 풀어내는, 바로 그 여인 뒤에서
타령에 장단 맞춰 불어 줄 거야
굽은 등 꼿꼿해지도록
등줄기 꾹꾹 누르며 훑어 줄 거야

감꽃음부

감꽃 환하게 핀 길을 걸었어요
그 아래로 눈이 먼저 달려갔지요
얄브스름한 속치마 살짝 들추어 보는데
음흉스런 생각보다 신비스런 생각이
먼저 손을 뻗었어요
올이라도 풀릴까 조심스레 들여다보았지요
순식간에 두 눈 음부 속으로 빨려들고 말았어요

가느다란 탯줄에
매달려 파르르 떠는 눈꺼풀 보였어요
얇은 막을 차대며
세상 디딜 뼈 다지고 있었지요
한낮 햇살 쪽쪽 빨아 마실 때마다
무른 살이 차오르고 있었지요
점점 부풀어 오르는 감꽃음부,
뚫어지게 바라보는 눈, 그렁그렁 빨개지면서
명치끝 땅기고 아랫도리 묵직해지는 것 같았어요

날이 가고 달 차면 불거져 나올
핏덩이
두 손으로 꼭 받아 주리라,
들추어 본 자리 매무시하려는데
무슨 영문인지 몰라도
감잎 위에 머문 눈부신 햇살의 촉들
마구 뛰어내려 두 눈을 찔러댔어요

담쟁이 열매

소나무 밑동에 발 디밀고 들어서서
여름 한낮을 칭칭 감아올리던 담쟁이
검붉은 힘줄 드러내며 잎마저 떨어내고 있다
사이사이 열매들이 피멍처럼 맺혀 있다,
하지정맥 심한 아버지 종아리처럼
거름 지게 짊어지고 뒷산을 넘던 아버지
나도 짐 되어 졸졸 따라 오른 적 있다
종아리에 핏줄 넝쿨, 뒷산을 오르내릴 때마다
툭툭 불거진 것을 본 적 있다
담쟁이 열매처럼
검붉게 익어가던 것을 본 적 있다
익어간다는 것이 핏줄 선 아픔이라는 것을
그때는 몰랐다
밭에 거름 뿌리고 차오르는 숨 몰아내며
달콤한 햇살 상큼한 빗줄기 쫄깃한 바람까지 버무려
열매의 꿈 꾹꾹 다지며 내 꿈도 함께 다져준 것을
몰랐다 그때는
아버지 마디마디 거친 숨소리
등줄기 땀방울처럼 피맺힌 것을

담쟁이 열매를 보고서야 알게 되었다
아픔의 맛이 열매라는 이름으로
자라고 맺힌다는 것을
아버지 나이가 되어서야 알게 되었다

금이 벌어진 연못

버들강아지 연못에 머리 감다 말고
바람의 가는 허리 말아 감고 휘적거린다
연못 안에 이끼들 출렁거린다
올챙이들 꼬리 찰싹 흔들어댄다

그림자도 가라앉고
흙탕물의 흥분 서서히 가라앉을 때
새떼들 그림자
연못 위를 헤엄치며 지나간다

따분한 오후가 지나가다
연못 귀퉁이 수문을 열어놓는다
아예 물꼬를 틀어버린다

햇살 따갑게 받아먹은 연못
쩍쩍 금이 벌어진 연못
바닥에 꼬리 자국 그어놓은 올챙이
어디로 사라진 걸까

이파리 채 펼치지 못한
버들강아지
부스스 엉킨 머리통 흔들며
물이 차오를 연못을 그린다

결이라고 말해 두자

얇게 저민 송어회 살결
입안에서 제 무늬로 사르르 녹아 퍼진다

송어는 물의 시간을 품고 사는 걸까
겹겹의 결로 느린 시간을 두르고
한결같이 물의 시간을 머금은 채
바람의 흔적을 물무늬로 그려놓은 걸까
너와 나는 같은 족속
육체를 단면으로 자르면
놀라우니만큼 닮아 있는 물결무늬의 결
그 속에 손을 담그면
거칠게 첨벙거리는 바람의 손금 만질 수 있어
깜짝 놀라 소름이 돋는 내 살결 안으로
한 겹의 결 차지게 포개지는 걸 느낄 수 있어
오늘 접시 위에 놓인 네 육체를 보고 침 흘렸지
맑은 물에 그렸던 신선한 물결무늬
그곳으로 헤엄쳐 들어가는 나
물무늬 채우려는 너와 나는
서로 소멸을 향해 스미거나 한몸으로 이어지거나

나무의 나이테처럼 찰랑찰랑 품을 넓혀 가면서
어느새 하나의 너울로 춤추지
물 머금었다 뿜으며 한 겹 한 겹 결을 말아가지
또 다른 이에게 붉은 살점 쫄깃하게 바칠 수 있도록
상처의 딱지 벗겨가며 안으로 결 곱게 다듬는 거지

맨드라미

쇠파이프 울타리 밖
서리 맞은 맨드라미
축 처진 몸,
바람에 기우뚱 쓰러질 것 같다
닭장 밖 웅크리고 있는
수탉 벼슬 윤기 없이 처져 있다
깃털 빠져나간 사이로
거무튀튀한 닭살 돋아 있다
넓은 곳으로 한 걸음도 내딛지 못한 수탉
가는 다리 휘어지고 있다
눈 풀리고 있다
지나가는 자동차 경적소리
목울대 짓누르고 있다
버스에서 내린 발걸음 시멘트 먼지
날리며 지나간다
닭대가리 사정없이 걷어차인다
허옇게 질려버린 대가리
고개 뒤틀려 까만 속 게워낸다

뿌연 시멘트 바람 맨바닥 쓸고 간다

짠

먹이를 향한 새들의 시선은 저마다 다르네
가슴 폭이나 날개 길이도 다 다르네
먹이 찾아 퍼드덕거리던 새들
어둠이 내리면 빌딩숲에 깃들이고 앉네
부리 대신 술잔을 부딪치는 새들
짠, 하고 길게 외쳐대네
머릿속에 종일토록 날아다닌 길 돌아보며
짠, 하고 단음절 나누네
참고 참은 한마디
짠,
비행의 맑은 꿈이 술잔 속에서 찰랑거리네
나뭇가지와 시궁창 속 먹이
분주한 발길 사이와 쓰레기더미 속 먹이
어느 곳으로 시선을 꽂을 것인가는
나름의 몫으로 날개 속에 접어넣고
주저리주저리 허공만 쪼아대네
차가운 밤공기에 몸이 굳는 줄도 모르고
둥지로 날아갈 생각조차 잊어버린 듯
부리 대신 술잔을 부딪치는 새들
지친 오늘의 날개 퍼덕이며
짠,

아주 빵빵한 식단

건빵도 반찬이 된다는,
기막힌 생각을 누가 했을까
바싹 마른 빵, 뱃속에 들어가
허기와 섞여 흐물흐물 부풀어오르면
빵빵한 배 만질 수 있다는,
기발한 생각 누가 했을까
우리 동네 마트에 가면
한 봉다리에 천 원하는 건빵이
노상, 세 봉다리 천원이다
한 봉다리에 아흔 개 남짓 들어 있어,
세 봉다리만 사도 예순 명 반찬이 되니
얼마나 경제적일까
희망소비자가격대로만 장부에 기재한다면
천원이 삼천원 되니, 건빵처럼 부푸는 뒷돈
만지는 재미, 또 얼마나 쏠쏠할까
도레미파 쏠쏠 쏠
뭐니 뭐니 해도
건빵이 반찬 된다는 건
먹는 사람 배불러 좋고

주는 사람 돈 불려 좋은
참으로,
누이 좋고 매부 좋고
도랑 치고 가재 잡는 일 아닌가,

단잠

텃밭 모란꽃 사이로 달빛
흘러내리네
날개 접은 배추흰나비
초록 잎 홑이불 가벼이 덮고
단잠에 빠져 있네

홑이불 살짝 들춰보는 바람의 손들
단잠 깰까 쉬쉬하며 지나가네
술에 젖은 남자
모란꽃에 코 비비며 지나가네
뒤척거리며 향기 흩뜨리네
그 아래
아랑곳 하지 않는 배추흰나비
달콤한 꿈 빨아대고 있네
접은 날개에 달빛 젖어드네

누가 업어 가도 모를 단잠에 빠진 볼
쓰다듬어 주고 홑이불 여며 주고
까치발로 걸어나가는
당신의 얼굴
아늑한 달무리 안에 가물가물 보이네

낚시

해오라기 한 마리
목을 쭉 빼고 두리번거린다
물오리 꽁무니 뚫어지게 쳐다본다
물오리가 먹다 남긴 부스러기
부리에 물고 삼키지 않는다
머리 굴리며 물 위를 노려본다
부스러기 물 위에 띄워놓고 사방을 찔러본다
물고기 한 마리
미끼에 달려들며 비늘 번쩍인 순간,
해오라기 목줄 잽싸게 낚싯바늘처럼 휘어진다
뾰족한 부리가 배 두둑해질 월척 낚아올린다

수초에 발자국 찍고 있는 남자
낚싯바늘에 실지렁이 꿴다
물 위에 미끼 던져놓고
물살 위에 두 눈 꽂는다

물 아래 헤엄치는 구름의 그림자
낚으려는 내 눈길의 찌도
물 위아래를 찌르며 출렁인다

다시 살아난다는 것

낙엽에서
네 겨드랑이 내가 나는가
아니면
네 사타구니 내가 나는가
푹신하게 깔린 낙엽침대에 벌렁 누우면
내 몸이 환장한 듯 낙엽이불 속으로 빨려들어
그 속을 헤집으며 까르르 뒹굴고 만다
낙엽과 섞이는 것은
낙엽과 함께 썩어도 좋다는 것인데
서로 섞여 흙으로 살아가도 좋다는 것인데
서로 몸 축여줄 물 한 모금 없어
갈증을 마시는데, 어디선가 검정파리들
아직 때가 이르다며 아우성이다
낙엽처럼 가벼이 몸 누이게 될 때
썩어가는 내 몸에 환장할 검정파리들
낙엽침대 밑으로 습기 불러모으느라 아우성일까
푸석한 살결 서로 문지르며 보드랍게 섞여지길
간절히 바라는 주문의 아우성일까
결국 낙엽과 나와 검정파리 사이

가로지를 아무런 막도 선도 없이
서로 몸내에 이끌린다는 걸
죽도록 몸 섞으며 푹 썩다보면 다시 살아난다는 걸
조금은 알 것 같다
몸이 들린 흙의 살가죽을 비집어 열고
초록의 떡잎들 손 번쩍 뻗는 걸 보면
조금은 알 것 같다

무의식의 페로몬

밤나무숲 돌더미 위에
돌아궁 만들어 불을 지피더래
돌아궁 위에 놓인 프라이팬
신문지에 덮인 채 속을 끓이더래
뜨겁게 쏟아져 내린 햇볕에 억눌린 건지
아궁 안에 불꽃 오히려 희미하게 보이더래
다만, 돌들의 돌기 벌겋게 달아오를 뿐
바람에 흩어지는 연기 혓바닥
밤나무 가지 휘감으며 핥아대더래
보이지 않는 불꽃, 밤나무로 번질까
애가 타는 누군가가
양동이로 개울물을 퍼 나르더래
돌 더미 위로 개울물 확 끼얹더래
벌겋게 달아오른 돌더미
더운 김 토해내며
숨을 고르더래
김이 서린 프라이팬 위로
밤꽃 향기 사르르 내려앉더래
밤새 그 먼 곳을 다녀온 것은
너와 내가 아닌 무의식의 페로몬이더래

詩 밖에 들어와 앉아서

배 준 석

(시인, 『문학이후』 주간)

詩 속으로 걸어 나오다.

詩 속에는 詩가 없다. 붕어빵에 붕어가 없는 것과 같다. 붕어빵에는 밀가루와 팥이 들어 있을 뿐이다. 만약 살아 있는 붕어가 펄떡거리며 들어앉아 있다면 무슨 맛이 있고 또 징그러워 누가 사먹겠는가. 다시 말해 마을 안에 마을이 없는 것과 같다. 마을 안에는 집과 사람과 나무와 강아지 같은 구체적인 것들이 존재하거나 살아간다. 詩도 마찬가지다. 그래서 詩 속에는 詩 빼고 없는 것이 없다. 집도 사람도 나무도 고양이도 있다. 그래서 빼야 할 詩와 있는 집을 엮어 시집이라고 하나 보다. 한 권의 시집에서 시인은 詩만 빼고 다 쓸 수 있다. 詩는 詩 밖에 있고 붕어도 붕어빵과 상관없는 곳에 있다.

詩를 詩라고 하면 詩가 아니다. 수양버들이나 엉겅퀴, 풍뎅이나 황금박쥐라고 해야 詩가 된다.

이렇듯 詩는 그럴듯한 거짓말을 흘리거나 다소 엉뚱한 짓으로 뒤집거나 한껏 부풀려 터트리거나 짐짓 옆으로 새거나 몰래 딴 일을 꿈꾸거나 얼토당토않은 생경스런 말을 늘어놓거나 남이 상상도 못한 생각을 꺼내거나⋯⋯. 그럴 때 만들어 진다.

정직하거나 모범적이거나 평범하거나 일상적이거나 사실적이거나 하면 詩는 죽어 버린다. 이런 詩를 살리기 위해 시인들은 부단히 비정상적인 생각의 늪에 빠져 허우적이기 십상이다. 누가 더 허우적댈까 내기에서 이기는 사람이 좋은 詩를 쓰게 된다. 참 고약한 일들이 그래서 詩 속에는 무수히 뿌리내리고 살아간다.

역설적이지만 이런 고약한 일들이 신선한 충격을 주고 세간의 이목을 끌어당기며 깊게 생각할 여지를 만들고 오래 감동을 주는 의미까지 남겨 놓는다.

이러한 일은 한번 뿌리내리면 뽑아도 끈질기게 싹이 나고 주변으로 곁가지 치고 멀리 씨까지 날려 퍼프린다. 그것이 바로 詩다. 굳이 현대詩 속에서 낭만의 등불을 밝히려든다거나 아침이슬 같이 영롱한 영상을 찾는다는 것은 어리석은 일이다. 현대詩의 특징을 살리기 힘든 탓이다.

어떤 일이든 그 특징을 알면 백번 싸워 백 열댓 번도 이길 수 있다. 이겨야 신나고 그래야 제 멋에 겨워 詩를 마구 두드려대며 흥얼거리게 된다. 그동안 詩를 내다버린 독자가 부지기수다. 모르기 때문에, 읽는 족족 지기 때문에 흥미를 잃은 것이다. 이제 詩의 특징을 깨닫고 시인의 특징을 찾아 정라진 시인의 詩 속으로 천천히 걸어 나와 보자.

정라진 시인의 詩는 詩 속으로 걸어 들어가는 것이 아니라 詩 속으로 나와야 한다. 詩 속으로 나오다니? 그래야 詩가 되고 詩를 알게 된다. 부득불 詩가 되기 위해 詩 속으로 나오는 힘들었던 일이 얼마나 많았을까. 그 고뇌의 흔적을 더듬으며 같이 詩 속으로 빠져나와 보자. 詩가 한결 잘 보인다. 정라진 시인도 가깝게 느껴진다.

먼 것도 끌어다 가깝게 쓰다.

정라진 시인의 과감한 비유는 여기저기서 빛을 낸다. 다소 거리가 멀어 위험 부담이 있는가 싶은데 어느새 끌어다가 가깝게 연결시키는 마력을 보여 준다. 과히 그만의 개성으로 여겨도 손색이 없다. 그만그만한 시들이 판치고 어디서 읽은 것 같은 구절들이 포장되어 지면을 채우는 시단 분위기에서 다소 외롭지만 제 목소리와 제 형태를 고집스레 펼치고 있는, 이질적인 것에서 꾸준히 동질성을 찾아 나가는 정라진 시인의 작업은 땀 흘리는 개척자와 다름없는 모습이다.

좌우로 곧게 뻗은 길 사이로, 신호등이 가지 뻗고 서 있다 경적 소리 새 소리로 얼어붙은 건물의 귀를 찔러댄다 속도에 헐떡거리는 바람은 오늘도 어김없이 건널목의 잔걸음과 구르는 차바퀴와 신호등 불빛 휘돌며 도시의 봄 재촉하느라 머리 풀어헤친 채 휘청거린다 지친 팔목이 신호등 가지 붙들고 간신히 기어올라 스위치를 켠다 마침내 빨간 불 들어온다

달리던 차들이 일제히 제동 건다 거리는 온통 붉은 동백이 핀다 갓길을 구르는 김씨 손수레도 제동 건다 가득 실린 폐지들 기우뚱 거리며 가쁜 숨 돌릴 때, 빨갛게 언 김씨 양 볼, 꽃망울 맺혀 있다 칼바람에도 끄떡없이 시퍼런 손 비벼대며 초록 신호 기다린다 붉은 신호에 멈춰선 차들 조급하게 경적 먼저 울려대며 브레이크 밟았다 떼었다 안달이다 그때마다 차 꽁무니에서 붉은 꽃 떨어지려 까딱거린다 회색 연기가 김씨 얼굴을 휘감고 돌아도 맑은 눈은 언제나 초록이파리처럼 빛난다

가지에서 붉은 동백 뚝뚝 송이째 떨어지고 초록이파리 반짝일 때, 거리의 바퀴들 바람의 치맛자락에 휩쓸려 날아간다 김씨 손수레는 봄을 또박또박 디디며 갓길을 구른다 그 뒤로 건널목의 발걸

음들 잠시 초록물 머금는가 싶더니 시간에 쩔쩔맨 채 봄의 문턱 추월하듯 건넌다

−「붉은 동백」 전문

비유가 단순하지 않다. 자연으로의 식물인 '붉은' 동백과 도시의 기계장치인 '붉은' 신호등과의 연결 때문이다. 또 자동차 정지등의 '붉은'과 폐지를 싣고 가는 김씨의 '빨갛게 언 양 볼' 때문이다. 붉은 신호등이 켜졌다는 것은 그만큼 위험요소가 있다는 것이고 그만큼 먹고살기 힘들다는 표시이기도 하다. 그러나 크게 관심 갖는 사람이 없다는 것에 더 큰 경고등을 밝히기 위해 시인은 강한 비유를 선택한 것이다. 김씨는 당연 이 작품의 주인공이다. 그의 '눈은 언제나 초록이파리처럼 빛난다'에서 그나마 스스로 살기 위해 희망의 끈을 놓지 않고 있다는 것에 위안을 삼게 된다. 거대한 자본, 물질적 풍요 속에 소외된 누군가는 오늘도 가파른 뒷골목에서, 차들이 쌩쌩 달리는 대로에서, 손수레에 폐지를 가득 싣고 몇 푼을 손에 쥐려 위험도 불사하며 살아가고 있는 것이다. 시인이 아니라면 누가 이를 노래하랴.

중년사내들이 부르튼 맨발로 뛰어온다
눈앞을 가로막은 거대한 바위에 부딪혀
바위 틈바구니로 한번 곤두박질친 사내들이
거센 바람 밀치고 허우적거리며 몰려온다
바다의 벼랑 끝까지 내몰린 사내들이
밀물에 휩쓸려 몰려온다

일터 하나 얻지 못한 채
철퍼덕, 주저앉아버리면 어쩌나
모래밭 낙오자로 나뒹굴면 어쩌나

살얼음처럼 하얗게 발버둥을 치다가
다시 일터를 찾아
막막한 바다로 나아가야 하는 사내들
입에 거품 물고 맨몸 디밀어보지만
등 떠미는 바람 사그라지지 않는다

겨울바람이 할퀴고 지나간 바닷가
사각지대,
내동댕이쳐진 얼어붙은 길의 가닥들
허옇게 굳은 몸 으스스 떠는 소리
서걱서걱 들려온다

─「겨울 파도」 전문

　중년사내들이 주인공이지만 '중년사내들'이란 글만 **빼면** 완
전 겨울파도 이야기다. 화자는 확실한 비유의 대상을 찾아내고
내심 당당하고 자신감에 사로잡힌 듯하다. '벼랑 끝으로 내몰
린' '일터 하나 얻지 못한 채' '다시 일터를 찾아' 겨울바다로
나가야 하는 사내들이라고 몇 줄 써 넣었을 뿐이지만 이보다
더 강하게 중년사내들의 애환을 표현할 수 있을까. 그만큼 정
라진 시인의 비유는 확고하다. 추호 빈자리나 허술한 공간을
허용하지 않는다.

창문에 드리운 바알, 걷어 젖힐 수 없었네
그 바알, 바람 타고 하느작거리면
문밖을 지나가는 발소리 말굽소리처럼
귓속을 울려대곤 했었네

멀리서 네 뒷모습 바라볼 때면
바람에 날리는 말갈기가
말의 꼬리가

말의 채찍이
내 심장을 때려대곤 했네
창 밖에서 말굽소리 들려올 때면
말 잔등을 비질하는 마부가 되어
고삐 쥐고 초원 향해 멀리 날아가곤 했네
억새밭을 평화롭게 달려도 보고
터벅터벅 여유롭게 걸어도 보며
털을 솔질하는 손가락 빗 유연하게 빛나곤 했네

바람의 손아귀 너의 머리채 휘어잡고
뒤흔들어 휘청휘청한 걸까
바람의 발자국 위로
떨어져 머뭇거린 머리카락들
아직 물기 머금은 머리카락들
슬슬 쓸어 모았네
내 손바닥 가득 너를 쓸어 모았네

나부끼는 오월의 수양버들 이파리

―「수양버들」 전문

　이 작품은 수양버들을 다양하게 변주하고 있다. 수양버들 →
바알 → 말갈기 → 말굽소리 → 머리채 → 머리카락 → 수양버
들 이파리로 한 바퀴 돌아 제자리로 오고 있다. 여러 가지 이미
지들이 서로 긴밀하게 연결되어 상상으로 치닫다가 현실로 돌
아오는 형상이다. 그렇게 돌고 돌듯 살다보니 다시 제자리, 머
리카락 빠지고 세월이 지났지만 이제 생각해 보면 신바람 나던
청춘의 계절이 있었던가. 그것이 오월이었던가. 하나의 비유에
머물지 않고 요동치듯 상승하며 변주되는 분위기가 바람에 나
부끼는 오월의 수양버들을 동영상으로 보여주는 듯하다.

볼록한 배 감추려 애를 쓴다
열 번째도 딸이면 어쩌나
남부끄러운 생각
두 볼 빨개진다

방 안 오글오글 앉은 계집애들
밥 한술씩 뜨면
노릇노릇한 갈치 발라 숟갈 위에
고루고루 얹어 준다
튀밥 한 자루 앞에도
오글오글 몰려드는 계집애들
서로 손 밀쳐대며 재재거린다
한 주먹씩 받아들고 오물거린다
빈손바닥 털어대며
고소한 냄새만 배불리 마신 애엄마
그 맘 아는지 모르는지

올망졸망 동글동글한 열매들
담 밖 내다보며
바람에 향기 실어 보낸다

날아오는 새들 당당하게
양팔 벌려 맞이한다

　　　　　　　　　　　　　　　　　　－「무화과나무」전문

　신기하게도 무화과나무와 상관없을 것 같은 계집애만 낳은
엄마 이야기를 끌어다 연결시킨다. 기실 詩는 마음만 먹으면
연결시키지 못할 것이 없다. 그러나 그 뒤에 누구나 고개를 끄
떡일 만한 공감대가 만들어져야 완전해진다. 정라진 시인의 개
인적 이력에 1남 8녀 이야기는 (꼭 그렇다는 것은 아니지만)

詩 속에서 어머니가 시집간 딸들의 가족을 '당당하게 양팔 벌려 맞이한다'로 마무리 된 느낌이다. 그만큼 세월이 흘렀고 세상이 변해 딸들이 아들 못지않은 역할을 하게 되었다.

이러한 유형의 비유는 다음 시에서도 나타난다.

> 경부고속도로 한복판 오일탱크 뒤집혀졌다
> 발라당 네 바퀴 세운 채
> 쏟아지는 빗물에 흠뻑 젖는다
>
> 굵은 빗줄기가
> 차창유리 뚫고 튕겨 나온
> 빵 쪼가리 살점을 후비며
> 달콤한 창자를 파헤친다
> 내달린 바퀴에 엉겨 붙은 빵 쪼가리
> 물보라에 허옇게 부서져 흐른다
>
> 차선에 털썩 주저앉은 사내
> 등을 둥글게 말아 감고
> 머리 무릎 사이에 쑤셔 넣는다
> 빗물 번진 이마
> 두 손으로 휘어잡고 흔들어댄다

-「흩어진 조각들」 일부

오일탱크 차량을 운전하는 기사가 주인공이다. 빗길에 고속도로에서 미끄러지며 차가 뒤집힌 것이다. 비는 쏟아지고……기름 실은 차량과 빗물…… 묘한 거리감이다. 기름과 물은 원래 섞이지 않고 따로 논다. 운전기사도 세상과 섞이지 못하고 사고나 치며 따로 놀고 있다. 상반된 분위기가 오히려 운전기사의 삶을 강하게 표현하고 있다. 역설의 효과이다. 우리가 사는 이 시대는 역설을 요구하는 일이 많다. 그때 역설은 딴 데 있는 먼 거리의 이야기들을 놀랍게도 가깝게 만나게 하는 힘을 발휘한다.

육체로 정신을 쓴다.

육체는 현실, 정신은 꿈 또는 상상이다. 詩는 당연 정신세계다. 그런데 정신의 세계를 그리기 위해 육체를 빌려오는 특이한 상황과 만나게 된다. 몸으로 부딪치는, 그래서 실감나는, 살아있는 현장감을 느낄 수 있다면 육체 차용의 詩는 성공일 가능성이 크다. 그것도 강한 이미지 확보를 위해, 사회의 한 단면을 비판하기 위해, 특이한 비유로 육체 부위를 거리낌없이 활용하고 있다면 재미도 만질 수 있다.

육체와 정신세계, 그 사이를 서성이는 정라진 시인은 신체의 여러 곳을 동원한다. 자연의 육체, 보시하는 희생의 육체, 지친 서민의 육체, 힘 빠진 현대인의 육체, 힘없는 가난의 육체들이 정신세계의 제물로 바쳐지거나 배경이 되거나 가벼운 성적 이미지로 처리되며 또 다른 비유와 의미를 찾아 세상을 힐난하게 풍자하기도 한다.

> 물왕삼거리 정면에서 바라보면
> 가랑이 벌린 채 누워 있는 그녀가 있다
> 오오, 이런 혈액순환에 장애가 생겼나
> 두 다리에 정체된 붉은 눈알들 더딘 흐름이다
> 잠시 멈춰 서서 갓길 에우고 라이트 끈다
> 하나 둘 문이 열리고, 도시의 매연과 먼지
> 뒤집어쓴 태아들이 빠져나온다
> 얼굴을 씻던 둥근 달이 그녀 가랑이 쪽으로

저녁 바람에 이끌려온 태아들 끌어안는다
종아리 모근에 박혀 살랑대는 달맞이꽃에 입 맞추다가
까무룩 취한 미소들 까르르 구르다가
버드나무 가지 타고 미끄러지듯 가랑이 물속으로
풍덩, 태아들의 그림자 양수 위를 유영한다
물에 빠진 카페 간판의 오색 그림자 자박자박 흩뜨린다
모성에 이끌려 몰려온 태아들인 것이다
오염된 정신의 몸 씻어내며 의식에 빠져든 것이다

-「물왕삼거리 그녀」 일부

　물왕삼거리를 가랑이 벌리고 있는 여자로 보고 있다. 지명도
선명하다. 시흥시에 있는 물왕저수지는 일제강점기에 농업용
수 확보를 위해 만든 곳인데 주변 전망이 좋아 지나가는 사람
들이 차를 세우고 쉬었다 가기도 한다. 매연과 먼지를 뒤집어
쓰고 살던 도시 사람들이 멀리 물 건너 머리 풀어헤친 버드나
무도 보고 달맞이꽃에 입도 맞추며 여유를 즐기는 것이다.
　삼거리에 빨간불이 들어오면 이참에 차를 세우고 내리는 사
람들을 묵묵히 다 받아주는 삼거리를 가랑이 벌린 여자로 의인
화하고 있다. 순간 모든 것을 다 받아주는 자연의 품을 연상하
게 된다. 그곳에서 몸과 마음을 정화시킨 사람들을 새롭게 태
어난 태아라고 또 의인화하고 있다. 두 번의 의인화로 독특한
이미지와 의미를 남겨 놓는다.

목 자르듯 꼭지 툭 자르고
몸통 거머쥔 손아귀 단칼에 배를 가른다
벌어진 내장에서 솟구치는 냄새
사내 후각을 자극하는지 짐승처럼 군침 들이켠다
갈라진 속살 단면에 진물처럼 피가 맺힌다
핏방울이 사내의 신경을 날카롭게 세운다

거세게 저항하듯 냄새를 뿜어대지만
날 선 사내 손이 가차 없이 껍질을 벗겨댄다
드러난 속 살결에 전율하는 사내
신들린 듯 손놀림이 유연해지더니
이빨 드러내고 입꼬리 올린 채 몸통을 토막 낸다
허옇게 잘려진 조각들
하얀 시트 같은 접시 위에 올려놓고
무슨 의식이라도 치르려나 벌떡 일어서더니
벗긴 껍질 비닐봉지에 쑤셔 넣는다
비닐봉지 자지러지는 소리로 껍질을 감싼다
껍질들 비닐봉지 안에서 헐떡거리다 질식한다
천장에 달라붙은 형광등도 질린 듯 하얗다

-「사이코패스적 디저트」 일부

이 詩에서 감각적 언어 차용 즉 육체 차용이 극에 달하고 있
다. 물론 비유로 따지면 아무렇지도 않은 듯 겉으로만 펼치는
육체향연이다. 그런데 살벌하다. 주변이 그렇게 삭막을 지나
살벌한가. 살벌하다. 모르는 곳에서, 뉴스에서 살벌한 일들이
수시로 꿈틀대며 몰려온다. 속수무책 당하는 일도 황당하기는
마찬가지다.

'목 자르듯' '단칼에 배를 가른다' '내장' '속살' '핏방울' '몸
통을 토막 낸다'에서 보이는 표현이 섬뜩하다. 시인의 속성을
확인하게 되는 대목이다. 그렇다면 육체 부위를 동원해서 무엇
을 노리는 것일까.

우리가 사는 현대 사회는 갈수록 극단적 개인주의, 이기주의
로 치닫고 있다. 그 과정에서 인격 장애, 반사회적 행동을 일삼
는 사람들도 많아지고 있다. 문제는 가책을 느끼는 것이 아니
라 갈수록 대범해지고 더 자극적인 일에 빠진다는데 있다.

위 詩는 디저트로 참외를 깎아먹는 사내를 폭력적으로 그리고

있다. 무의식적이거나 본능 속에서도 사이코패스적 일들이 벌어지고 있음을 암시한다. 참외처럼 연약한, 저항도 할 수 없는 존재를 순간의 쾌락을 위해 폭력을 휘두르는 일이 얼마나 많을까. 참외 하나 깎아먹는 정도의 일로 여기는 폭력, 또는 사이코패스적 사고를 가진 사내를 보는 의도가 신선하다. 아직도 주변에서 별 것 아닌 일처럼 벌어지는 크고 작은 폭력에 대해 차별화된 소재로 스릴 있는 詩를 만들어 의미를 상승시키고 있다.

이러한 육체를 건드려 정신세계에 시비를 거는 詩들이 이번 시집에 수두룩하다. 바로 정라진 시인의 개성이며 특징이다.

> 막창 굽는 불판 위로 천장을 뚫고
> 쭉쭉 뻗어오른 연통들, 마치
> 목구멍을 지나 식도에서 위장까지 길게
> 이어진 소화기관 같다
>
> ―「도시의 연통들」 일부

막창집 연통을 술 마시는 사람들 소화기관으로 보고 있다. '한숨과 연기를 소화 시키느라 덜덜거린다'는 이 두 대상을 하나로 연결시키는 대목이다. 막창집도 막가는 인생을 표현하기에 적합하다. '속이 시커멓게 타들어가고 문드러져도'에서는 살기 힘든 상황을 표현한다. 여기에서 '목구멍' '식도' '위장' 등 살아 있는 육체적 표현들이 마구 튀어나온다.

> 죽서루 옆, 용문바위 요염하게 앉아 있다
> 실오라기 하나 걸치지 않은 나신들
> 이상야릇하게 얽히고설킨 듯한데
> 렌즈가 색을 탐하고 즐기기에 제격이라는 듯
> 눈 희번덕거리며 나신의 위아래를 훑어댄다

풍만한 몸매 매만지다 그 위로 성큼 올라타더니
철컥철컥 여기저기 눌러대며 탄성을 내지른다
얄궂게 생긴 구멍구멍마다 각도 맞추며
들이대고 눌러대고 당기기를 연발하다
멍멍해진 몸, 잠시 충전의 시간 헤아린다

　　　　　　　　　　　　　－「디카 뒤 따라가기」 일부

　자연현상을 즐기는 것을 성적 행위로 처리하고 있다. 용문바
위를 여자로 디카를 남자로 보는 시각은 성 상징을 대입해도
특이하다. 개인적 상징이다. 디카나 스마트폰에 장착된 카메라
가 무언가를 찍는다는 것은 그리움의 또 다른 표현이다. 간직
하고 싶은 욕망의 표현이기 때문이다. 남자가 사랑하는 여자를
찍는 장면으로 멋진 풍경을 묘사하고 있다. 그만큼 간직하고
싶은 경이로운 풍경이라는 것이다.

　육체는 현실이다. 현실은 우리를 힘들게 하는 경우가 많다.
발목 잡는 일도 많다. 그 육체적 고단함을 치유하려는 의도도
한편에 숨어 있다는 것을 놓칠 수 없다. 여기서 정라진 시인의
시의 의미라든지, 육체를 대입한 이미지라든지, 시적 완성도라
든지…… 하는 것을 일차 정리하게 된다.

　　가을 수목원 길 멀리 보이는
　　단풍나무
　　붉은 덩어리 바람에 출렁거리네
　　심장 한 덩어리 출렁거리네

　　저기가 수술대 위라면
　　심장이 다급하게 팔딱거리겠네
　　심장을 수습하는 바람의 손놀림 빨라지겠네
　　새들은 가위 칼날 핀셋 부딪는 예리한 소리로

붉은 살점 이리저리 쪼아 다듬겠네

-「붉은 단풍」 1, 2연

붉은 단풍과 심장 덩어리의 연결이 신비롭다. 현실에 발 묶여 살다가 모처럼 수목원 길에서 만난 단풍을 보고 심장이 팔딱거리는 것처럼 본 것이다. 그 다음 심장병을 앓고 있는 당신이 떠오른 것이다. 이어 바람이, 새소리가 현실에서 얻은 병을 수술해준다는 것이다. 그래서 다음과 같은 결과가 나온다.

심장병을 앓던 당신
단풍나무 가슴께로 몸을 포개는가
심장박동에 맞춰지는 숨결,
바람결에 꿈틀꿈틀 되살아나는가

가슴속에서
뜨겁게 내뿜은 입김 하늘로 퍼지네
어느새 파란 하늘까지 단풍빛 머금었네

단풍의 품속에 나 홀로 붉게 물들었네

-「붉은 단풍」 3, 4, 5연

어느새 파란 하늘까지 보게 되었다는 것은 자연이 치유해준, 여유가 만들어준 결과이며 의미이다. 정라진 시인의 시적 인식을 확인하게 되는 대목이다.

마취제에 스르르 빠져드는 그녀
하얀 시트 위를 창백하게 날고 있다
숨길 하나, 질린 듯 흩뿌리고 있다
사방 무겁게 깔린 고요를 헤집는 불빛

토굴 속을 눈부시게 비추고 있다
그 속에 싹 틔울 씨앗 한 톨 부여잡은
그녀 손이 보인다
쇳소리처럼 예리한 바람이 드나든다
한 톨 씨앗 훑으며 지나가버린다

언 눈물방울 구름조각처럼 펑펑 쌓인다
디딘 발꿈치마다 여린 뼈 으스러뜨리는지
눈꽃 파도 휘몰아쳐 따귀라도 때려대는지
주춤주춤하다가 고개를 위로 꺾는 그녀
눈꽃의 핏기 없는 손을 얼굴에 비빈다
창밖 전깃줄 위에 까치 한 마리
하얀 가운 걸친 채 오갈 줄 모르고
우두커니 앉아 폭설을 내려다본다
그 아래 감나무 가지 붕대 돌돌 말아 감고
씨앗 떨어져나간 흔적을 감싼다

그녀 명치로 스며드는 폭설의 입자
상처 위에 가루약처럼 뿌려지고 있다

-「폭설」 전문

　폭설이 내리는 풍경을 하얀 시트가 있는 병원에 비유하고 있다. 의도건 아니건 현대인들은 병원을 자주 찾는다. 육체의 아픔은 정신의 아픔으로 바로 연결된다. 비유 위에 이 시대의 아픔 하나를 올려놓는다. 원하든 원하지 않든 고귀한 생명들이 버려지는 현장을 부각시켜 폭설과 교묘히 맞춰 놓은 것이다. '상처 위에 가루약처럼 뿌려지고 있다'는 마지막 행은 단순하게 연결고리만을 붙잡고 있지 않다는 것을 입증해 주고도 남는다. 상처는 비난만으로 해결되지 않는다. 치유하라고 생긴 것이 상처이므로.

그래서 정라진 시인의 육체적 비유는 단순하지 않다. 정신적인 차원으로 의미를 만들어 놓기 때문이다. 「폐교 안의 호스피스들」「입춘」이란 작품도 위와 유사한 구도이다. 이러한 구도의 詩는 정라진 시인의 詩를 이해하는데 중요한 단서가 된다.

이렇듯 상처받고 병들고 아프고 소외당하고 떠돌아다니고 불안하고 외롭고 지친 영혼들이 마구 날아다니는 시대에 시인은 이러한 일들을 하나하나 찾아내고 어루만지고 보듬으며 치유까지 해내는 놀라운 솜씨를 보여주고 있다. 이만하면 시인의 손길로 크게 부족함이 없을 것 같다.

맹지를 서성이다.

도무지 길이 보이지 않는다. 그곳에 길을 찾고 길을 만들고 그 길로 다른 사람들이 걸어가게 만드는 일이 시인이 해야 할 일 중 하나다.

선창포구, 버려진 배들이 모래 위에 배를 깔고 늙어간다 한때 소문난 횟집, 깨진 유리창으로 드나든 바람, 소금기 허옇게 쉰 머리로 홀을 누비며 딸그락거린다 주차장완비 간판은 자꾸 바다 쪽으로 기울어진 채 덜컹거리고 다리 부러진 원형테이블 하염없이 찻길을 내다본다 성난 바람은 제 성질 이기지 못해 프래카드와 천막을 찢어발기고 있다 백내장 걸린 듯 흐릿하게 바랜 간판들과 골다공중 걸린 듯 구멍 숭숭 뚫린 건물 벽들 사이사이 이끼꽃이 일가를 이루고, 먼지들은 거미줄로 금 간 틈을 덕지덕지 꿰매고 있다 이따금 철새처럼 지나가는 차 바퀴소리에 늙은 개 한 마리 사타구니에 꼬리 말아넣고 빈 그릇 핥아대다 힐끔힐끔 낡은 눈빛 보낸다 비릿한 바람의 결마다 지난날의 빗줄기가 폭염이 강추위가 저들의 가슴을 훑고 때리고 애태우며 냉가슴 앓게 한 사연 새겨져 있다
바다가 받아주지 않아 버려진 배들이 간판이 천막이 프래카드가

모두 숟가락인데, 싱싱한 광어 우럭 건져 올리던 어부들 숟가락 다 버리고 어디로 떠난 걸까 먼 바다를 걸어와 후들거리는 바람만 부러진 숟가락배에 걸터앉아 희미해진 기억 쓸어 담아놓고 막힌 바다로 꿈의 배를 띄우고 있다

─「부러진 숟가락」 전문

한때 문전성시를 이루던 선창포구 이야기다. 폐 포구가 된 곳을 살펴보며 슬쩍슬쩍 불완전의인화 시키고 있다. 완전의인화 보다 더 효과가 있다고 판단한 것이다. 그래야 을씨년스러운 선창포구의 알몸을 생생하게 보여줄 수 있기 때문이다.

이는 꼭 선창포구에 한정된 이야기는 아니다. 개발이라는 미명하에 버리고 부수고 그로 인해 흥하고 망하는 일들이 얼마나 많은가. 선창포구는 그 대표적인 모델에 불과하다. 정라진 시인은 선창포구 하나로 이와 유사한 모든 일들을 환유시키고 있다. 시인은 환유시키는 사람이다. 모델 하나로 유사한 일들을 총 망라하는 사람이다.

제목이「부러진 숟가락」이다. 숟가락은 사람에게 있어 먹고 사는 기본적인 도구이다. 먹고사는 일이 힘들어진 상황을 숟가락이 부러졌다고 처절하게 노래하며 찢어진 플래카드와 버려진 주변 사물에 한번 더 비유한다. 정라진 시인의 끈질긴 비유의 흔적을 곰곰 음미할 부분이다.

쌍암장 입구 할인매장 앞
배꼽 드러낸 아가씨
허리 돌려대며 오픈 벨 울리고 있다
장으로 들어선 발걸음 끌어당기고 있다
몰려드는 발들이 엉켜 시끌벅적한 곳
바라보던 여자 발길을 장터 안으로

끌어당긴다

속이 텅 비어 뼈대만 앙상한
슬레이트지붕 사이를 걷는다
비오는 장날의 풍경 그리며 걷는다
질펀한 바다 밟으며
흙탕물에 와자지껄한 발들 바싹 말라
먼지만 날리는 바닥을 보고 있다
걸쭉하게 끓어 넘친 팥죽
훈김 구수하게 뿜어내는 튀밥
오색 즐비한 옷가게
별들이 솟구치는 대장간
다 사라져버린 장을 보고 있다

시장 모퉁이 어전
등 굽은 노인 몇 명
전어 서대 고등어 위에
소금 몇 주먹 뿌려놓고
뜸하게 찾아온 발걸음 반겨주고 있다
시끌벅적한 파리 쫓아내고 있다

－「장날」전문

쌍암장이 어디인가. 전남에서도 순천, 순천에서도 선암사 가
는 길목 어디쯤을 시인은 예사롭지 않게 서성인다. 과거 와자
하던 것과 달리 초라하게 변한 모습을 객관적으로 그려내고 있
다. 이미 체념을 넘어 시대가 변한 상황을 인정하고 있다. 할인
매장이 들어섰기 때문이다. 거대 자본 앞에 무릎 꿇는 일들이
어디 한 둘인가. 사람 발길이 끊어진 장을 서성이는 마음을 헤
아려 보는 것이 의미이다.

조계산 선암사 산뒤 앞에서
아짐이 눈을 굴리며 머뭇거리네
뒤를 까라는 거여, 뒤로 싸라는 거여
까는 듸(곳)라는 거여, 싸는 듸(곳)라는 거여
옛글자 앞에 발이 갈팡질팡 방정 떠네
처마 아래
널쪽으로 짠 入자
아짐의 몸 다급하게 빨아들이네
공중에 붕 떠서 아슬아슬 놓인 듯한 판자
아차, 헛디디다 퐁당 빠질까봐
걱정을 앞세운 발걸음 천근만근이네
엉거주춤 판자 위를 디디며 걷는 꼴이
근심을 비우려다 오히려
똥 한바가지 뒤집어쓰고 나오겠네

-「뒷간(산뒤)」 전문

　정라진 시인은 선암사에도 예외 없이 나타난다. 그런데 그 유명한 원통각이 아닌 뒷간이다. 속세 아주머니가 불안하게 볼일 보는 장면에서 웃음을 짓게 한다. 해우소가 아니라 근심을 끌어안고 볼일을 보는 장면에서 우리네 삶도 저런 것이려니……. 생각한다면 이 詩는 성공이다. 근심걱정 하나 끌어안고 너나없이 살고 있지 않은가. 버려야 하는 것을 알면서도 말이다.

　다음에 실린 「선암사 산뒤 안에서」라는 詩에서는 반대로 비구스님 한 분이 여유롭게 들어와 근심덩어리를 다 풀어내고 나가는 모습을 그리고 있다. 역시 도의 경지에 이른 스님이라 경외의 눈길을 보내게 된다. 그렇다고 꼭 스님이 되자는 것은 아니다. 오히려 똥과 차향茶香이라는 대조관계를 그냥 즐기면 된다. 여기도 맹지이기 때문에 그 어떤 이권이나 의미를 굳이 만

들 필요가 없다. 만들 때 만들고 그렇지 않을 때 넘어가는 법도
익혀야 한다.

　이러한 맹지를 서성이는 것도 시인의 몫이라면 정라진 시인
의 발길은 멈추지 않고 평생 이어질 것이다. 「번짐」에서 보여
주는 가축들의 살처분 당한 현장이건, 「점 봐주고 나오다」에서
만나는 보살집이건, 「수차」 속에서 한여름 스스로의 몸을 증발
시켜가며 살아가는 사내가 있는 염전이건 때와 곳을 가리지 않
고 그의 詩는 이권에 눈먼 사람들이 피하는 맹지를 찾아 부단
히 헤매고 있다.

詩 밖으로 들어가다.

　이제 그의 詩 밖으로 들어가 보자. 밖으로 나가는 일이 당연
하다면 이는 詩도 아니고 아무것도 아니다. 詩밖으로 들어가는
훈련도 독자라면 당연히 감내해야 한다. 어찌 시인의 몫만 있
겠는가. 이미 이 시집을 잡는 순간, 독자의 몫도 분명 생긴 것
이다.

　　　　하얀 유치원복차림의 아이들
　　　　휘청휘청 줄다리기 한다
　　　　이리 저리 끌고 끌리는
　　　　줄에 매달려
　　　　여엉차 여엉차
　　　　하얀 이 악물고 서로 뻗댄다

　　　　응원하는 함성들
　　　　벌떼 소리처럼 응응댄다

　　　　소복소복 내려앉은

봄볕 부스러기 밀고 온 바람이
옥상 위 빨랫줄 흔들어댄다
빨랫줄에 널린 하얀 속옷 송이들
꽃향기로 날린다

-「조밥나무꽃」 전문

조팝나무라고 하는 것을 굳이 조밥나무라고 한 이유가 있을
듯하다. '밥'은 삶의 이야기를 대신하는데 유용하다. 하얀 '밥'
은 하얀 조밥나무꽃과 긴밀하게 연결된다. 그런 의도가 우선
시선을 끌며 내내 이미지로 따라 다닌다.

화자는 옥상에 있다. 유치원 아이들 모습과 조밥나무꽃과 먼
저 이미지를 연결시킨다. 하얀 옷을 입고 재잘거리는 아이들,
조밥나무꽃에서도 그런 소리가 들릴 것 같다. 아니다. 반대현
상이다. 그래야 이 詩의 상상에 동참하게 된다. 바람 불 때마다
줄다리기하는 아이들 '여엉차 여엉차' 소리도 실감나게 된다.
벌떼 웅웅대는 소리도 응원소리가 된다.

다시 화자는 시선을 거두며 조밥나무꽃을 눈앞 옥상에 널린
하얀 속옷으로 본다. '속옷 송이' '향기'로 연결시켜 놓는다. 유
치원 원복이 아이들 겉옷이라면 하얀 속옷은 어머니들 것일까.
아이와 어머니 이야기는 말만으로도 따스하다. '속옷'은 겉옷
과 다른 생명을 감싸고 있는 부드러운 존재이다. 그 부드러움
속에 '밥'이 차지하는 따스한 봄날처럼 비중이 크기만 하다.

아침 둘둘 풀어내며 부모님 산소 가는 날입니다
이슬 한 모금 머금은 둥굴레 하늘거립니다
밤나무 그림자 아래 뿌리 내리고
이슬에 맺힌 햇살 받아 마시며 반짝 웃어줍니다
먼저 해맑게 말 걸어오는데 그냥 갈 수 없어

굿모닝 둥굴레! 하고 말을 굴려 봅니다

– 「굿모닝 둥굴레」 일부

누가 보지 않아도 아침햇살에 방긋 웃어주는 둥굴레, 마치 '굿모닝' 하고 말하는 듯 청초한 모습을 보며 그렇게 느끼는 마음이 평화로워 보인다. 시인은 평화주의자다. 싸우고 헐뜯고 이간질하는 사람들이 아니다. 그래서 시인은 소박한 휴머니스트여야 한다. 지나가는 사람에게, 설령 지나가는 사람이 없더라도 서 있는 제 자리에서 웃으며 주변을 밝히는 둥굴레, 그것을 찾아내는 안목이 서로 만나 빚은 공동의 작품이 인상적이다. 둥굴레라서 나왔겠지만 '둥글둥글한 마음'이라는 표현이 끝에서 차지하는 비중도 크다. 정라진 시인의 눈이 이렇듯 부드럽다는 것을 상기하는 이유도 한 사람의 시인으로서 자세나 인간적인 면면 때문이다.

이렇듯 따스한 눈을 여기저기서 확인하게 된다. 강력한 비유라든지 끔찍한 육체적 비유도 알고 보면 그 안에 따스한 시인의 눈길이 머물러 있음을 확인하게 된다. 시인이 누구인가. 세상만사를 사랑으로 보듬는 사람 아닌가. 표현의 차이이고 비유의 신선함 때문이지 궁극적으로 사랑이 그 밑바탕에 깔려 있음을 부인할 필요가 없다. 신랄한 비판도 결국 사랑의 또 다른 표현일 때 진정 시인이 되는 것이다. 남을 욕하고 비판만 하며 스스로는 되돌아 볼 줄 모른다거나 무조건 남을 비하만 하는 것은 좋은 일이 아니다. 그런 일에도 사랑의 온기를 불어넣는 일을 시인이 해야 한다. 살인자도 그보다 더한 죄인도 끌어안고 눈물 흘려주는 사람이 진정 시인인 것이다.

눈빛만 보아도 무얼 원하는지 알아차리는 자판기가 있어요 아니,

자판기가 되어가는 여자가 있어요 지나는 사람들에게 비친 여자
눈, 전광판 불빛이에요 불빛 앞으로 표정 없는 남자가 다가서네요
불쑥 담배 주세요(종류가 한두 가진가요? 이름을 정확하게 입력하
세요!)

　입이 얼어붙은 여자, 말없이 내장된 기억의 신경망 마구 더듬어
요, 손이 저절로 올라가 집은 걸 꺼내주네요 표정 없는 남자 입꼬
리 쓰윽 들어올리는 걸 보니, 제 뜻대로 센서가 작동했나 봐요 여
자도 얼었던 입이 풀리는지 미소 가볍게 날려주네요

　스치는 웃음이라도 주고받을 수 있다면, 성능 좋은 자판기로 업
그레이드해야 하는 여자, 인적 뜸할 때면 내장된 기억창고를 뒤적
거려요 차곡차곡 꽂아놓은 얼굴 하나하나 빼내들고 물건과 맞대어
보아요 무료한 시간도 없이 회로를 돌려대는 여자, 자판기가 되어
버린 여자

-「자판기여자」 전문

　사람을 기계로 의물화 시켜 놓았다. 물질시대에 갈수록 사람
도 기계화되어가고 물질로 평가되고 물질이 앞서는 시대에 살
고 있다. 깜박 자아마저 잊어버리고 기계가 되고 물질의 노예
가 되는 시대 이야기를 의미로 담고 있다. 그 속에서 상품을 판
매하는 직업을 가진 화자가 자판기처럼 움직이다 자판기로 변
화되어가는 과정을 포착하고 있다. 일하기 위해 사는 것인지,
먹고살기 위해 일하는 것인지 구분되지 않다보니 사람의 본성
은 사라지고 일하는 기계가 되어 있는 스스로를 만나게 된 것
이다. 기계처럼 일어나고 시간 맞춰 출근하고 똑같은 일을 반
복하다 보면 마치 기계 같은 느낌이 들 수 있다. 문명사회의 일
원이 되어 오히려 사람처럼 살지 못하고 기계화 되어가며 고달
프게 살아간다는 것은 이 시대의 반어이다.

　자판기여자는 詩 밖에 있는 것을 끌고 들어와서 화자와 연결
시키고 다시 화자를 자판기로 만들어 밖으로 들여 놓는다. 결국

화자와 자판기는 들어가고 밖으로 나가기를 반복하며 하나가 되어간다. 이렇다면 詩 밖으로 들어가는 일이 무난해 진다. 자판기는 결국 독자도 되고 독자가 자판기도 될 수 있다. 규격화된, 획일화된 시대에 너나없이 돈으로 확인되는 일들이 얼마나 많이 있는가. 돈이라면 다 쏟아져 나와 만사가 해결되는 현대라면, 자판기는 모두에게 소용되는 시적 상관물로 요긴해진다.

정라진 시인은 지금 자판기여자가 되고 있는 중이다. 詩도 화자 자신의 이야기로부터 자유로울 수 없다. 詩 속에 詩는 없어도 자신의 삶이나 생각이나 주변 일이나 주변 사람들이 살고 있기 때문이다. 詩는 주변 이야기로부터 벗어날 수 없다. 거기에서 살고 만나고 부대끼다 헤어지며 울고 웃는 이야기들이 모두 詩의 옷으로 갈아입고 이렇듯 한 권의 시집으로 우리 앞에 나오기 때문이다. 아마 이 시집에 보금자리 틀고 이러한 이야기들은 자라고 가지치고 뿌리 뻗으며 때로 씨앗을 퍼트리며 마냥 성숙되어 갈 것이다.

현실은 자판기여자가 되어가고 있어도 생각이나 상상은 더 자유로워야 한다. 영혼은 말해 무엇하랴. 이미 자판기여자가 되어가고 있다는 것을 안다는 것은 스스로 치유의 능력도, 방법도 알고 있다는 증거이다. 과감하게 현실 밖으로 탈출하여 詩 속으로 몰입해야 한다는 것도 스스로 다짐하고 있을 것이다.

만나는 대로 인연이 되어, 듣는 대로 리듬이 되어, 보는 대로 이미지가 되어, 생각하는 대로 의미가 되어, 상상의 날개를 감각적으로 펼치며 더 멀리 더 낯선 곳으로 날아다니기를 감히 권하며 詩 밖으로 풍덩 들어갔다가 詩 속으로 슬쩍 빠져나온다.

정 라 진 시집
자판기여자

초 판 인 쇄   2014년 5월 20일
초 판 발 행   2014년 5월 24일

지 은 이   정라진
펴 낸 이   배준석
펴 낸 곳   **문학산책사**
등   록   제3842006000002호
주   소   경기도 안양시 만안구 병목안로 81 성원Ⓐ 103-1205
          ㉾430-717
전   화   (031)441-3337
휴 대 폰   010-5437-8303
홈 페 이 지   http://cafe.daum.net/munsan1996
이 메 일   beajsuk@hanmail.net

값 8,000원